MW01174310

LE CLAVECIN

DU MÊME AUTEUR

Le Voyage de John O'Flaherty, Seuil, 1972.
La Voie sauvage, Seuil, 1972, 1981.
Splendor Solis, Stock, 1976.
L'Année du lièvre, Robert Laffont, 1977.
Le Milieu du monde, Robert Laffont, 1979.
Petit Déjeuner sur un tapis rouge, Fayard, 1982.
Gioconda, Fayard, 1984.
Le Baiser cannibale, Fayard, 1987.

Daniel Odier

LE CLAVECIN

roman

FAYARD

Pour Nell et Christine.

L'auteur remercie Joan Mitchell d'avoir accepté que son œuvre, *La Grande Vallée XVI, Pour Iva*, 1983, soit reproduite en couverture.

« Une fois dans sa vie,
il faut avoir une joie sauvage. »

DAZAÏ OSAMU,
La Déchéance d'un homme.

Je vis le clavier, ses touches chromatiques d'ébène et ses touches diatoniques d'ivoire. Dans l'échoppe s'amoncelaient des fragments de meubles, des bois bruts, des variétés précieuses aux ondes dissimulées par la poussière. Sur le plateau en hêtre de l'établi et sur le râtelier, scies, ciseaux chanfreinés, rabots à fer renversés et à dents, gouges, canifs, vilebrequins, troussequins, ratissoires, limes, râpes et mèches avaient été abandonnés dans le plus grand désordre. Quelques pots de vernis caramélisés exhalaient des senteurs colorées. Pinceaux, étoupe et chiffons maculés dessinaient une aire de travail sous la lampe articulée.

La présence de ce fragment de clavecin,

dans une ruelle de Bahia, avait quelque chose d'incongru. L'atmosphère tiède de la ville, saturée de fermentations où dominaient la goyave, la grenade, la mangue, la banane et la papaye, portait des sons rauques et rythmés, acides ou électriques, qui s'accordaient mal aux délicates tonalités d'un clavecin.

Je pris l'ascenseur crasseux qui relie la partie haute de la ville au port fouetté par les brises iodées qui brassent l'air sans le rafraîchir. J'achetai à une vendeuse des rues une douzaine de cigares liés par un ruban rose. Les enseignes des bars s'illuminaient sous les nuages ocre. Chaque établissement déversait sa propre musique en une imprévisible cacophonie. Je m'arrêtai au coin d'un immeuble turquoise, pris un cigare, en sectionnai l'extrémité d'un coup d'incisive et, à l'abri des vents, l'allumai par petites bouffées. Ce n'est qu'en jetant l'allumette consumée que je remarquai une femme dans la pénombre. Elle me souriait. Une robe minimaliste mettait ses charmes en valeur. *Young love for sale*, comme chantait Billie Holiday. Elle m'invita à la rejoindre en faisant vibrer sa langue entre ses lèvres pourpres. Cela me rappela une prostituée berbère, adossée à un mur de pisé qui réfractait encore la chaleur du jour, les deux sources brûlantes, la femme et le soleil, diluées dans la nuit. Elle me toisa avec dédain dès qu'elle eut compris que je ne répondrais pas à son invite.

Depuis trois mois, ma vie semblait comme suspendue, fragile. J'avais oscillé entre l'attrait précis de la mort (en forêt je m'étais vu pendu, comme si j'avais été un autre) et l'indifférence. Le vide laissé par l'achèvement d'une œuvre réfractaire avait fait émerger en moi des sentiments encore inconnus. Au bord du suicide ? « Je ne suis pas contre, je vous demande simplement de différer votre décision d'un mois », m'avait recommandé un psychiatre. J'avais choisi Bahia pour observer ce sursis.

La rencontre presque immédiate avec cette carcasse de clavecin — sombre présage — me poursuivait comme la promesse d'une chute définitive. J'abhorrais cet instrument, ses sonorités aigres, et presque tous ceux qui en jouaient. Musiciens secs, érudits de bazar, dictateurs du bon goût, de cette chose évanescente qu'on appelle « style ». Style de qui ? Style de quand ? Tout au plus la manière dont certains s'imaginent qu'on jouait telle ou telle pièce à l'époque de sa composition. J'étais excédé par cette vogue des baroqueux dont la plupart me faisaient l'effet de piètres musiciens recasés dans un genre à la mode.

Et c'était justement un clavecin aux dents laquées de noir, instrument mort entre tous, qui m'accueillait dans cet univers de musique vivante ! Ma seule consolation était que l'objet ferraillant avait été démantibulé par le temps ou par quelque ennemi intime. Je me pris à songer à ce héros imaginaire avec tendresse et admiration. Comment l'avait-il saccagé ? A la hache ? Avec un aviron ou une masse d'armes arrachée à une panoplie ? Sa jouissance avait dû être fabuleuse, terrifiante !

La saveur et l'arôme du cigare m'ouvrirent au monde extérieur. Je remontai au *terreiro* de Jésus, au cœur de la ville ancienne, et m'assis à la terrasse de la *Cantina da Lua* d'où je pouvais contempler la façade de la cathédrale construite au XVIIe siècle. Sur la place, les cocotiers, les banians, quelques arbres à fleurs rouges dispensaient un peu de fraîcheur, comme la vue des corps mordorés des Noires qui déambulaient en se déhanchant. Je bus coup sur coup trois *caipirinhas*, mélange de rhum, de citron vert et de sucre de canne, et me sentis l'esprit tout aussi sombre, mais le corps plus léger. Un travesti unijambiste traversa la place en sautillant. La vie qui m'entourait m'effleurait à peine. Je voyais les choses, imaginais quelles auraient pu être mes sensations, mais, au fond, je demeurais insensible, distant, fermé à la richesse des regards comme au mystère des corps.

... Lorsqu'on l'avait mise en terre, ceux qui l'aimaient avaient inventé, sans se concerter, un rituel qui avait partiellement effacé ce que l'ultime mise en scène sociale a de convenu. Nous avions entouré son corps de ce qui lui était le plus cher : une partition d'un quatuor de Beethoven, la correspondance de Flaubert, *L'Ile* de Huxley, une miniature du Radjastan, quelques paquets de thé et un petit bronze népalais représentant Ganesh, divinité à tête d'éléphant, protectrice des intellectuels mais aussi dieu populaire à la trompe usée par les gestes de dévotion. J'avais placé la statuette derrière la tête aux traits apaisés, contre les tresses de cheveux châtains. Pendant la cérémonie, j'avais rêvé à de futurs archéologues glosant sur la présence de cette divinité dans une tombe française, trace d'un syncrétisme insoupçonné. Je me rememorai l'histoire de Ganesh, telle qu'elle-même me l'avait racontée, un soir que nous roulions sur l'autoroute du Sud, en direction de Gênes. « Surprise au bain par Shiva, son époux, Parvati se dit qu'il lui faudrait un serviteur pour défendre sa porte. De la rosée de son corps, mêlée à de la terre, elle façonna un beau jeune homme, lui donna la vie et mission de garder sa porte. Un jour, Shiva voulut pénétrer dans les appartements de Parvati, mais il se heurta à l'intrépide gardien qui osa porter la main sur le dieu. Shiva appela sa troupe de démons et lui ordonna de tuer le téméraire. Mais celui-ci, par son courage et sa détermination, réussit à tenir les démons en échec. Les dieux prêtèrent main-forte aux démons, mais ils ne parvinrent pas davantage à vaincre le serviteur de Parvati. Vishnou, dieu suprême, ne pouvait tolérer la défaite des siens. Il fit surgir la belle Maya devant le forcené. Troublé par la ravissante illusion, le champion de Parvati relâcha son attention et l'un des assaillants lui trancha la tête. Parvati, furieuse de la mort de sa créature, se jeta sur les dieux avec une frénésie telle que ceux-ci, au lieu de continuer la lutte, jugèrent prudent de faire appel à la médiation des Sages. Parvati consentit à faire la paix pourvu qu'on rendît la vie et la tête à son fidèle gardien. Shiva envoya les dieux vers le nord et leur ordonna de rapporter la tête du premier animal qu'ils rencontreraient. Ce fut un éléphant. Désormais, Ganesh, ressuscité et recapité, prit place parmi les dieux. »

Le corps avait disparu, nous avions jeté des fleurs des champs, du thé, et, dès cet instant, mes émotions s'étaient taries. Pas de larmes. Seulement l'indicible sensation d'être ailleurs, d'assister à tout cela avec l'implacable objectivité d'une caméra, absent à ma propre douleur comme à celle des autres pour qui je n'étais plus d'aucun secours...

Un peu ivre, je rentrai à mon hôtel, le São Francisco, une vieille bâtisse vermoulue dont l'architecture faisait penser à un bateau à aubes. Le patron était assis dans le hall, sur un des fauteuils de Skaï rouge. Il fumait en suivant un match de football. Il leva un regard las, me fit signe de prendre moi-même la clé. J'avançai entre les cloisons qui ne touchaient pas le plafond pour mieux laisser circuler l'air. Je croisai un travesti qui chercha à me vendre une perruque blonde, puis j'entrai dans ma chambre exiguë et ouvris la fenêtre. Le bruit de la ville, grésillement de transistors, cris, tambours, rires, guitares électriques, se dispersait dans l'espace comme un nuage de poudre dorée. Vidé de tout désir, allongé sur le lit dur, un drap effrangé sur le corps, je regardai tourner les pales du ventilateur. J'écoutai un instant les gémissements en provenance d'une chambre voisine, puis les sons se résorbèrent peu à peu et je sombrai dans un sommeil agité, réveillé de temps à autre par les décharges nerveuses qui me traversaient.

Le clavier était toujours là. Les effluves

de vernis se répandaient dans la ruelle. Un homme d'une cinquantaine d'années, installé à l'établi, réparait un échiquier en marqueterie.

— Cet instrument vous intéresse ?

J'entrai dans la boutique.

— Je me demandais comment ce clavier avait pu arriver là.

— Je l'y ai toujours vu, depuis que j'ai succédé à mon père. Même quand j'apprenais le métier, il était là. Au début, caché dans la remise. Voici quelques années, je l'ai exposé. De la magnifique ouvrage. Vous êtes musicien ?

— J'aime la musique.

— Je me suis toujours demandé quel son pouvait bien produire cet instrument.

— Un son terrible.

L'homme se mit à rire, se leva et me serra la main.

— Terrible, hein ? C'est bien ce que je pensais. J'en ai parlé à des touristes. Jamais personne n'a pu me décrire le son d'un clavecin. Et vous, vous débarquez, et vous me dites : « terrible »... Je trouve ça très drôle ! Terrible... Des gens passent leur vie à en jouer sans que ça leur vienne à l'esprit... Je m'appelle Matteo... Terrible, hein !

Matteo héla un garçon qui passait, lui glissa quelques pièces et lui demanda d'aller chercher deux *cafesinhos*.

— Vous avez une cigarette ?

— Un cigare, si vous voulez.

— Un cigare, pourquoi pas.

Nous sirotâmes les *cafesinhos* dans des verres.

— J'aime beaucoup l'odeur de votre vernis.

— C'est une formule qui vient de mon grand-père. Vous n'avez pas des mains d'ébéniste. Si ça vous intéresse, je peux vous dire ce qu'il y a dedans, sans vous préciser les proportions. Tout est dans les proportions et dans la manière de dissoudre les résines. Gopal de Calcutta, gomme laquée, sandaraque, mastic en larmes, dammar friable, benjoin, élémi, térébenthine, huile de lin. Il faut huit à dix jours, en donnant quelques tours de spatule, deux fois par jour. On colore en rouge orangé avec du santal, en rouge jaune avec le sang-dragon.

Introduit aux arcanes de l'alchimie olfactive, il me restait à savoir si Matteo possédait encore les autres parties de l'instrument.

— Je pense... Tout est pêle-mêle dans la remise. Revenez prendre un *cafesinho* demain, si vous voulez, je verrai ce que je peux retrouver.

Je passai le reste de la journée à errer dans les ruelles sans accorder d'attention aux merveilles qui m'entouraient. Je me souvins d'une photo de Wanda Landowska, de profil, assise à son clavecin Pleyel sur lequel trônait un chat. Je m'offris quelques beignets dans la rue, fis une longue sieste et ressortis dans la moiteur de la nuit. Une première journée venait de passer. Il me restait des bleus dans le regard, ceux du ciel et des murs, des crampes dans les cuisses et les mollets, et le désir de boire quelques *batidas* avant d'aller dîner.

Ce fut la voix qui m'attira. En passant près du pick-up poussiéreux, je vis qu'il s'agissait de celle d'Alcione. Une voix chaude et vivante d'ex-trompettiste aux qualités vocales peu communes. Quelques ampoules de couleur, suspendues entre les arbres, cinq ou six tables, un feu, quelques casseroles sur une cuisinière, un chien et trois clients. Il n'y avait qu'un plat, la *feijõada*. On m'en apporta aussitôt une copieuse assiettée. Je mangeai distraitement le mélange de haricots noirs, de porc salé et de saucisse en buvant de la bière. J'avais presque terminé lorsque je l'aperçus. Le regard d'abord, chargé de tous les mystères de l'Afrique. Le visage ensuite, ridé, émacié, rayonnant. La robe blanche, les mains usées posées à plat sur la table. A ses côtés, je remarquai une jeune femme qui me regardait aussi, mais avec un sourire amusé. Peut-être ma présence dans cette *cantina*, jugée sans doute trop repoussante par les touristes, avait-elle quelque chose d'insolite. Je finis ma bière, la femme âgée se leva, vint jusqu'à moi, m'effleura le front affectueusement et me dit « *Bem Vindo* », avant de s'en aller.

Je la regardai passer sous les ampoules rouges, bleues et jaunes qui se balançaient dans le vent. Elle disparut dans la nuit, laissant sur ma rétine un sillage lumineux. J'offris un Coca-Cola à celle qui se nommait Emiliana et m'assis à sa table.

— Qui est cette femme ?
— La Mère des dieux.
— Comment s'appelle-t-elle ?
— Gil Maria.

Emiliana gardait son expression suave et amusée. Sa jupe large, sa blouse immaculée, le madras enroulé avec grâce autour de sa tête faisaient paraître sa peau noire presque dorée dans le faible éclairage de la *cantina.*

Emiliana me guida par la main dans le dédale des ruelles sombres. Nous sortîmes de la ville, les maisons devenaient rares, la végétation plus dense. Je la suivais en confiance, sans même me demander où elle me conduisait.

Nous marchions maintenant sur un sentier sablonneux. Un quartier de lune éclairait notre chemin. Elle tenait toujours ma main dans la sienne, bien que la nuit fût assez claire pour m'éviter de trébucher sur des pierres ou de me heurter à des branches basses. Sa main était chaude, j'entendais l'océan. Nous passâmes près d'un banian au pied duquel brûlaient quelques bougies. On avait déposé des cigares, une bouteille de rhum.

— C'est là..., dit Emiliana comme nous arrivions près d'un ensemble de maisonnettes blanches entourées d'un mur rudimentaire. Une chèvre... Je pensai qu'il s'agissait d'une ferme. Un chien blanc s'approcha en remuant la queue, vint flairer la main d'Emiliana, puis se recoucha dans la poussière.

L'endroit était paisible, silencieux. Les cubes blancs délimitaient une cour où quelques bougies brûlaient autour d'un autre banian. Emiliana poussa une porte peinte en bleu et nous entrâmes. La pièce unique mesurait dix ou douze mètres carrés. Il y avait un lit, une cruche posée sur la terre battue, quelques vêtements pliés dans une niche, un gobelet de plastique. Une peinture étrange représentait Eve, Adam et le Serpent. L'air frais et parfumé de la nuit entrait par une ouverture devant laquelle séchait une serviette de toilette rouge. La lampe à huile découpait nos silhouettes agrandies sur le mur blanchi à la chaux.

Emiliana se déshabilla, je fis de même, exhibant mon corps souffreteux, pantelant. Lorsqu'elle ôta son madras, je vis deux petites tresses. Elle se coucha, je m'allongeai à ses côtés ; elle respirait paisiblement, les yeux grands ouverts. Elle tira le drap sur nous, prit ma tête entre ses mains, m'attira contre sa poitrine où je reposai. Je sentis un spasme violent monter du plus profond de moi et pleurai jusqu'au matin pendant qu'elle me caressait le front.

Une pierre noire, éclat de quelque supernova disparue, flottait dans l'espace interstellaire lorsque l'attraction terrestre vint la troubler dans son itinéraire aléatoire. Ainsi commença pour elle un voyage dont elle ignorait la destination. Si son mouvement avait été observé par un astronome, celui-ci aurait pu calculer sa trajectoire et nous dire que la météorite, sauf rencontre imprévisible ou autre accident de parcours, toucherait notre terre douce et ombrée, couverte de fleuves et de forêts, d'animaux inquiets, d'hommes et de femmes souffrant de bonheurs spasmodiques, à une heure et sept minutes, dans la nuit du 12 mai 1895, dans le merveilleux jardin de la maison

Gagino, une construction baroque du XVIIe siècle à la noble façade bleue, avec ses cinq portes de bois et ses deux étages de fenêtres peintes d'un blanc immaculé, non loin du Pelhourino, place du pilori, où les tortures avaient cessé depuis quelques décennies, dans le haut Bahia, lieu de résidence des famille les plus riches.

Était-ce un hasard ? Dans cette maison se préparait une fête comme on en voit rarement. Depuis l'aube de ce 12 mai 1895, les cuisinières noires, vêtues de longues robes blanches, coiffées de turbans aux couleurs scintillantes, préparaient les mets les plus relevés et les plus exquis. Les domestiques dressaient de vastes tables couvertes de nappes damassées, de vaisselle précieuse, d'argenterie mexicaine, de verrerie de Venise, de coutellerie de Tolède, tout autour de la fontaine où les colombes venaient s'abreuver. Le jardinier, d'une main calleuse mais délicate, caressait les hibiscus, les bougainvillées, les frangipaniers, les cinnamomes, les araucarias, les azalées. Il parlait d'une voix chantante aux roses, aux lys, aux pivoines, aux pavots, aux daturas, aux œillets nains, tout en leur versant un peu d'eau. Il pinçait çà et là une fleur fanée, enlevait une feuille tombée sur le riche terreau, exhortant chaque plante à se montrer généreuse, à distiller son parfum singulier, à faire don de sa beauté, à ouvrir son calice aux abeilles et au regard afin de ne pas décevoir Tiziana, la très belle et très cruelle maîtresse des lieux.

Malgré l'heure matinale, on pouvait l'entendre, par les fenêtres ouvertes, jouer avec élan une pièce pour virginal de William Byrd sur un clavecin italien de 1679 dû à la main d'un facteur qui n'avait signé, sous une touche, que de ses initiales : Z. B.

Pour moi, fœtus de sept mois qui ne perçois que le ferraillement des fréquences aiguës, être soumis aux pièces de Byrd est un supplice anglais. Byrd, un poète pastoral qui aurait mieux fait de garder les moutons au lieu de m'exposer à son lyrisme rural, à ses grâces acides, aux ondulations de ses demi-teintes brumeuses. Comment arrêter une femme qui se croit musicienne et fait le désespoir d'une grande maison peuplée de corps noirs dans les veines desquels la musique coule à gros bouillons ? Déjà désespéré, mais trop jeune encore pour le crier. Je proteste tout de même et balance quelques coups de pied dans le ventre qui me retient. Tiziana bouffe une mesure, mais se reprend aussitôt. Je continue de souffrir en silence.

L'instrument lui avait été offert par son mari, Albano, au cours de leur voyage de noces en Europe, trois ans plus tôt. Le précieux clavecin avait été enveloppé de lainages, comme un nouveau-né, transporté avec le plus grand soin sur le paquebot et, après une traversée houleuse, sous la surveillance constante d'un valet, il avait été débarqué à Bahia, monté par les ruelles abruptes sur les épaules d'ébène de deux colosses, et porté jusque dans la bibliothèque baptisée depuis lors « salon de musique ». Une fois dévêtu, il avait été accordé par un expert, conformément aux indications du musicologue allemand Michael Praetorius, vulgairement nommé Schultz, homme au gros nez sans doute, auteur du précieux *Syntagma musicum*, et c'est alors seulement que Tiziana avait posé ses mains tremblantes sur le clavier noir, vrillant les oreilles de tous les habitants de la maison Gagino habitués à plus de rythme, à plus de suavité sonore : cuisinières, jardinier, palefreniers, conducteurs d'attelages, pâtissier, tisserands, couturières, repasseuses et leur nombreuse progéniture, groupés autour de l'impressionnante silhouette d'Albano, auditeur aux grandes oreilles martyrisées. Baldassare, père d'Albano, artisan de la fortune des Gagino, que l'abolition de l'esclavage, en 1888, avait fait sombrer dans les contrées interstellaires de l'esprit, grattait son immense nez cassé, auquel se reconnaissaient tous les Gagino, en répétant inlassablement : « Les Bantous sont excellents pour la récolte du café, mais les Nagos sont les meilleurs pour la cueillette du coton... »

Dans le fond de l'immense jardin, construites autour du puits, se trouvaient les baraques des esclaves affranchis, enfouies sous les bougainvillées, à l'abri de hauts cocotiers. Là aussi, on entendait de la musique. Chants gais ou tristes selon les jours et les heures, mélancoliques mélodies rythmées par une guitare, son magique du *cuica* et des tambours habités par les dieux d'Afrique. Seule Mia, une jeune fille de douze ans, paraissait un peu lointaine, le regard noyé dans la contemplation du ciel, car elle venait de perdre son premier enfant.

J'ai pleuré pendant trois jours, puis le flot s'est tari. Mon corps entier se libérait de la douleur. Je m'abandonnais avec une confiance totale. Il fallait que je me vide pour recevoir, mais je n'étais pas prêt. Les émotions étaient encore lointaines et floues. Emiliana me parlait peu, mais ne me quittait presque jamais. Elle faisait surgir en moi des instants d'un bien-être enfantin. J'avais la sensation de renaître, de vivre ces années où l'on s'ouvre au monde. Les mains d'Emiliana étaient chaudes, son corps souple laissait jaillir un flot ininterrompu de tendre énergie que j'absorbais. La nuit, j'entendais des chants, le battement des tambours, des cris et des rires.

— Viens, allons regarder la mer.

Je suivis Emiliana. J'entendais le roulement des vagues se rapprocher. Sur la plage de sable, Emiliana me fit asseoir entre ses jambes, le dos appuyé contre sa poitrine. Je regardai l'océan. La chaleur d'Emiliana me pénétrait. Celle du soleil semblait plus légère.

Je pensai tout à coup aux morceaux du clavecin que Matteo devait avoir rassemblés pour moi.

— Tu m'accompagnes à la ville ?

— Non, je reste au *terreiro*. Ce soir, tu verras Gil Maria. Apporte-lui des cigares et de la *cachaça*.

Emiliana m'accompagna jusqu'à la grand-route. Je hélai un taxi. Je commençais à sentir en moi des îlots de tranquillité, mais j'avais de la peine à rassembler mon corps disséminé.

J'achetai les cigares et la *cachaça* avant de rejoindre la ville haute. Comme je m'approchai de la boutique de Matteo, une sorte d'excitation ou de curiosité me gagna. A sa mine triomphante, je vis tout de suite qu'il avait retrouvé la plupart des fragments du clavecin. Il me les désigna d'un geste royal.

La table d'harmonie, le fond et le couvercle semblaient avoir été défoncés par un boulet de canon.

— Pietro, mon père, est ici. Il a voulu connaître la personne qui s'intéressait à son clavecin.

Un homme courbé par le travail, l'âge et les rhumatismes émergea de la remise, un pied de l'instrument à la main.

— Tu vois, je ne suis pas fou. Je savais bien qu'il y avait aussi les pieds !

Le vieil homme me regardait en hochant la tête pendant que son fils expliquait notre rencontre.

— C'est un très beau bois, l'ébène ne vient pas de Lisbonne. C'est de l'ébène d'Afrique, on le reconnaît au grain plus serré, à l'absence de taches. Voilà un facteur qui connaissait son affaire !

— L'instrument est signé ?

— Ici... Regardez...

Sur l'envers d'une touche, calligraphié à l'encre de Chine, je lus : Z. B. 1679.

— Probablement un clavecin de l'Italie du Nord, décréta Pietro.

— Comment avez-vous trouvé cet instrument ?

— Des aristocrates l'avaient fait venir par bateau, mais, au cours d'une tempête, il a été fracassé. Personne n'en voulait sur le port. Dès que j'ai eu vent de l'histoire, je suis descendu et les propriétaires m'ont laissé récupérer les restes. Je n'ai jamais entendu de clavecin, mais j'ai beaucoup rêvé de cet instrument. Regardez ce travail, cette qualité de vernis !

Le père de Matteo prenait des fragments, me faisait découvrir des détails.

Une idée folle me traversa :

— Serait-il possible de le restaurer ?

— Il y faudrait des centaines d'heures de travail, dit Matteo.

Son père était pensif.

— C'est vrai, il faudrait renforcer la structure par des empiècements, refaire à neuf la mécanique. Ce serait possible. Il n'y a que les cordes que nous aurions de la peine à trouver.

— Qu'est-ce que ça coûterait ?

— J'ai trop de travail, dit Matteo.

— Moi, je n'ai rien à faire, intervint son père. Je m'ennuie. L'arthrose paralyse peu à peu mes mains. Je ne sais pourquoi je ne me suis jamais attelé à cette tâche. L'habitude de le voir en morceaux, peut-être... Pourtant, dans mes rêves, il était entier. J'en ai même fait des dessins.

Je pensai à l'argent destiné à payer l'hôtel que j'allais quitter, puisque Gil Maria m'avait invité à rester au *terreiro*.

— Je peux vous donner de l'argent...

— Si je me charge de tout ce travail, je préférerais garder l'instrument. On pourrait lui faire une place dans la vitrine.

— Je ne pensais pas l'acheter, c'était simplement pour rémunérer votre travail.

Pietro réfléchit un instant ; une lueur maligne et puérile traversa son regard.

— J'aimerais bien une radio, la mienne ne fonctionne plus, tout est brouillé.

Une heure plus tard, je revins avec une radio japonaise. C'était la plus belle que j'avais pu trouver après avoir visité quatre magasins.

Nous déballâmes l'appareil, puis le branchâmes. Pietro était émerveillé de capter des stations lointaines, d'entendre du russe, du chinois, de l'anglais. Matteo était un peu jaloux.

— Tu pourras laisser la radio ici...

— Pendant que je travaille, oui, mais le soir, je la remporterai chez moi.

Pietro m'expliqua qu'il allait mettre l'instrument à plat, faire un relevé précis, dessiner les pièces manquantes, puis chercher des bois aux ondes et aux veines identiques. Une fois vernies, seul un spécialiste pourrait dire quelles étaient les pièces originales et celles qu'il aurait reconstituées.

Je les laissai continuer leur tour du monde sonore et me rendis à l'hôtel, réglai ma note, rassemblai mes affaires.

A la nuit tombante, je pris un taxi pour le *terreiro* de la Mère des dieux. J'allumai un cigare et regardai par la vitre défiler les cocotiers derrière lesquels roulait l'écume phosphorescente de l'Océan. J'étais étonné de voir à quel point je me laissais porter par ce qui m'arrivait, sans chercher à comprendre, comme si Emiliana et Gil Maria avaient court-circuité ma raison pour mieux restaurer mon corps. La seconde d'après, je me demandai si cette distinction entre corps et esprit n'était pas une plaisanterie.

Mes pensées cessèrent là, car le taxi s'arrêta. J'aperçus Emiliana au détour de la forêt. Elle ne parut pas surprise de me voir arriver en même temps qu'elle. Je lui montrai les cigares et la *cachaça*. Elle approuva mon choix et, main dans la main, nous prîmes la direction du *terreiro*. J'entendis les tambours.

— C'est pour toi. Gil Maria t'attend.

J'entrai dans la chambre. Emiliana m'allongea sur le lit sans ôter mes vêtements. Elle posa une main sur mon front, l'autre sur mon cœur, et ferma les yeux. L'excitation de la ville se dissipa. Elle me lécha doucement à hauteur de l'épigastre. Je me mis aussitôt à respirer très profondément. Un peu plus tard, on frappa. La Mère des dieux nous attendait. Emiliana me prit par la main et, sans un mot, me conduisit jusqu'à elle.

L'espace de Gil Maria était chargé de forces au milieu desquelles elle évoluait avec une grâce et une légèreté étonnantes. Son regard m'enveloppa, je la saluai, lui offris les cigares et la *cachaça*.

— Merci, mon fils. Tu es bien mal. Ton esprit est encombré. Le plus petit des dieux ne pourrait s'y asseoir.

Elle s'approcha, m'effleura le front,

comme la première fois. J'étais pieds nus sur la terre battue, fasciné par le visage de Gil Maria. Avec un bâton, elle traça un cercle autour de moi, revint me faire face, déboucha la bouteille de *cachaça*, en but d'un trait le tiers, puis, à ma grande surprise, elle alluma un cigare. Elle posa une bougie à la flamme vacillante à l'intérieur du cercle. Emiliana s'assit derrière un petit tambour et commença d'en jouer avec une habileté saisissante. Le rythme était vif, précis, mais le son à peine perceptible.

La Mère des dieux se mit à parler d'une manière familière, mais je compris qu'elle ne s'adressait ni à moi, ni à Emiliana.

— Tu sens l'odeur délicieuse de ce cigare ? Et les vapeurs d'alcool de cette excellente *cachaça* ?

Elle se tut dans l'attente d'une réponse, elle avait un sourire amusé comme si un enfant commettait quelque bêtise devant elle.

— Ne sois pas capricieux... Descends, Exu...

Le tambour nous enveloppait de ses sonorités, voluptés de la peau et du bois, des sons venus de loin, atténués par la distance.

— Les cigares sont pour toi, et le reste de la bouteille...

Le son du tambour changea brusquement. Je regardai Emiliana, elle jouait les yeux fermés ; de légères gouttes de sueur perlaient à ses tempes et sur sa lèvre supérieure.

— Bienvenue, Exu, vois cet homme tourmenté... Bois... Fume... Viens-lui en aide...

Elle soufflait la fumée du cigare vers le ciel. Elle prit un pot de terre dans lequel se trouvait une décoction encore tiède. Elle me fit signe d'ôter mes vêtements, que je laissai tomber à mes pieds. Elle versa sur ma tête un peu du liquide, qui ruissela, puis me frotta le front, les yeux, les lèvres, le cœur, le ventre, les cuisses et les pieds. Je me mis à respirer de manière saccadée et à trembler légèrement. Plongeant la main dans le récipient, elle m'aspergea du reste de la décoction. Puis elle me contourna, et enfonça son doigt sous mon omoplate gauche : j'eus l'impression qu'il me pénétrait. L'expression *mettre le doigt dessus* me vint à l'esprit. Elle toucha d'autres points où la souffrance s'était concentrée en dures concrétions. Elle me frappa les reins du plat de la main, le son de la claque domina le tambour. Au même instant, Emiliana cessa de jouer. Elle rouvrit les yeux, me regarda avec une sorte d'inquiétude, je refermai les miens aussitôt. De forts courants me traversaient.

— Merci, Exu... Fume... Enivre-toi, maintenant...

Gil Maria me toucha de nouveau le front. Je me sentis envahi d'un grand calme. Emiliana se leva, balaya le cercle. Je me rhabillai, nous nous assîmes tous trois. La Mère des dieux semblait satisfaite.

— Exu protégera ta folie, elle t'est nécessaire. Certains ont besoin d'en guérir ; toi, non. Parfois, les âmes mettent longtemps à se détacher des séductions terrestres... Maintenant, cette femme que tu aimais est partie, il fallait l'aider, offrir quelques cigares à Exu... Tu vas te sentir libéré, mais il ne faut pas attendre de miracle. Le mal vient subitement, il s'enracine. L'extirper demande un long travail. C'est pour ça que la douceur d'Emiliana a rendu à cette femme que tu aimais les larmes auxquelles elle avait droit... Les morts sont exigeants ! Ils veulent entendre notre douleur, la voir, la toucher. Ils sont comme des enfants. Maintenant, elle s'est éloignée, elle a trouvé le repos, car elle sait qu'elle vit en toi.

Il y eut un long silence.

— Tu as tapé sur ses fesses, dit Emiliana en s'esclaffant.

— Je n'ai rien fait, c'est Exu qui guidait ma main. Son corps a besoin d'être libéré, c'est l'un des endroits où il accumule les tensions.

Les deux femmes se remirent à rire. La Mère des dieux appela une cuisinière et lui demanda de nous servir. Nous finîmes la bouteille de *cachaça*. J'étais étonné que Gil Maria ne montre pas le moindre signe d'ébriété après ce qu'elle avait bu. Elle avait un art de se faufiler dans l'espace comme s'il était peuplé de dieux qu'elle ne voulait pas déranger. Une sorte de chorégraphie solitaire au milieu de danseurs invisibles.

— Tu ne fais qu'un avec tes tambours, dis-je à Emiliana.

— Si je ne suis pas en parfait accord avec eux, comment ma musique pourrait-elle plaire aux dieux au point de les faire descendre ?

— Elle connaît leur langage, commenta Gil Maria. Chacun a le sien. C'est sa fonction auprès de moi. Rien d'important ne peut se faire sans les tambours. Ils viennent d'Afrique...

— Les dieux les préfèrent, dit Emiliana.

J'avais envie de poser des questions, mais, en même temps, une sorte de pudeur me retenait. Je craignais de briser un charme. Mon corps était en train d'imposer silence à mon esprit et j'en ressentais un profond soulagement.

Une femme entra, portant un plat sur lequel se trouvaient une daurade, du riz blanc, des haricots noirs. Nous mangeâmes assis sur une natte, à l'africaine. Emiliana enlevait les arêtes avec dextérité. Comme j'éprouvais un peu de peine à façonner les boulettes de riz dans le creux de ma main droite, Emiliana m'en fourrait dans la bouche en riant. Je goûtais une joie simple. J'accomplissais un lent retour, mon âme se remettait à frémir par instants, mais il y avait encore en moi un mal profond que je ressentais comme une limaille de fer disséminée dans tous mes tissus et qui me rendait inapte à la transparence.

Tard dans la nuit, nous quittâmes la Mère des dieux.

— Un pouvoir dort en toi... Il va s'éveiller...

Nous franchîmes le *terreiro* silencieux.

— J'ai envie de marcher un peu.

— Allons faire une offrande à Oxum.

Emiliana chercha une bougie et des allumettes. Main dans la main, nous traversâmes la forêt dont les odeurs me saisirent plus intensément que jamais. Je me rendis soudain compte à quel point la cérémonie qui venait de se dérouler avait déblayé certaines plages de ma sensibilité.

Emiliana cueillit une feuille de bananier, une fibre plus sèche, quelques fleurs dorées. La lune venait de se lever sur l'océan, elle était à son premier quartier, orangée par la brume. Nous nous assîmes dans le sable. Emiliana confectionna une petite barque avec la feuille de bananier. Elle alluma la bougie, fit couler de la cire sur un galet plat et noir qui me fit penser à de l'ébène, à la peau de la créature qui m'accompagnait, au clavecin, à Pietro. Emiliana fixa la bougie. Le galet donnait de l'assise à la barque.

Nous nous déshabillâmes, pénétrâmes dans l'eau calme, si claire que je voyais les nuées d'alevins évoluer entre mes jambes.

— Oxum, accepte cette flamme, prends l'offrande de mon cœur, délie encore mes doigts et mes mains lorsqu'ils frappent les peaux des tambours... Accepte ma musique...

Emiliana imprima une impulsion à la barque qui s'éloigna. Elle resta longtemps à la contempler, puis se tourna vers moi et me prit dans ses bras.

— Notre Mère est si bonne, elle t'a beaucoup donné, ce soir.

Pour la première fois, Emiliana m'embrassa. Ses lèvres et sa langue étaient suaves, chargées de senteurs de chèvrefeuille et de jasmin. Nous étions enlacés, buvant nos souffles. Un poème d'Emily Dickinson me revint, je le dis à voix basse contre la bouche d'Emiliana-Emily :

Nuits sauvages — Nuits sauvages !
Si j'étais avec Toi
Les Nuits sauvages seraient
Nos luxuriances.

Futiles — les Vents —
Pour un Cœur amarré —
Fini le Compas —
Fini la Carte !

Souquant dans l'Eden —
Ah ! la Mer !
Puissé-je m'ancrer — cette Nuit —
En toi !

— Je suis là, dit Emiliana.

De retour dans la chambre, elle alluma sa lampe à huile, nos ombres envahirent les murs blancs. Emiliana me parcourait de ses lèvres charnues, ouvrant ma peur, suscitant des feux d'harmonies. Je croyais entendre en moi le son du tambour. Faisant rouler mon corps abandonné, elle réveilla ma nuque, puis mon dos tout entier. Je tremblais, une rosée fraîche me sortait de la peau. Je sentis sa langue lente y tracer des sillons. Ses seins effleuraient mes reins, mes fesses. Sa langue me pénétra. Je me raidis. Emiliana me donna une claque sur la tête et rit d'un rire profond. Alors, je m'abandonnai à ses baisers. Je compris les mots de Gil Maria. Emiliana dissolvait mes angoisses à coups de langue. Combien de ces baisers opiniâtres et voyageurs faudrait-il pour en venir à bout ? Depuis quand s'était déposé en moi le germe de cette perverse pétrification de l'âme ? Un vif courant me traversa, une sorte de transe s'empara de moi. Lorsque je me glissai en elle, Emiliana s'attacha à ralentir ma pénétration. J'étais démultiplié, infiniment humain. Seuls nos corps vibraient, échangeant les harmonies de leur concert immobile. Puis nos gémissements et nos cris réveillèrent le jour.

A l'issue d'une transse qui avait duré toute une nuit, Mia avait annoncé solennellement qu'Oxum l'avait entraînée dans une longue promenade sur un lac que leurs pieds nus effleuraient à peine. Il fallait préparer une grande fête, car une naissance exceptionnelle allait avoir lieu. Une pierre noire tomberait du ciel. Oxum lui avait chuchoté quelque secret avant de se transformer en sirène et de disparaître dans le lac. Depuis, on avait offert des roses jaunes à Oxum, on avait allumé des bougies, on avait sacrifié une chèvre. Mia avait recueilli le sang dans une coupelle, était allée dans la chambre de Tiziana, avait disposé les bougies devant la statuette de bois polychrome d'Oxum, offert des roses à nouveau et déshabillé Tiziana, paralysée par la vue du sang. De ses mains, Mia avait maculé le ventre arrondi et les trois tétins si blancs de Tiziana, ne doutant pas que cette particularité ne l'eût fait choisir par les dieux pour porter un fruit extraordinaire.

— Oxum a dit qu'il fallait préparer une grande fête pour la nuit du 12 mai. Tu mettras au monde un être unique. Une pierre noire tombera du ciel.

— Je ne suis pas superstitieuse. De toute façon, je ne suis enceinte que de sept mois.

Pas superstitieuse, tu parles ! Je sais bien que je n'ai pas encore le droit de penser, mais, pour se laisser badigeonner au sang de chèvre, il faut avoir de grands espaces sombres dans sa cervelle de Blanc. Elle va encore appeler le prêtre de sa voix grêle et onctueuse. Misérable engeance ! Mais quand Mia s'approche, tout change. Mon âme à peine formée accueille de grandes bouffées de parfum sonore. Je suis curieux de voir tout ça ! Mais je ne veux pas vous priver de la suite de ce dialogue. Hypocrite ! Chienne blanche aux trois tétons plus durs que des obus !

— Les dieux ne savent pas compter. Les

offrandes et le sang te protègent. Ne crains rien.

— Je préviendrai les prêtres.

— Ils ne sont bons qu'à se gaver. Ouvre ton corps à Oxum, oublie les prêtres. Tout ira bien. Il sera beau et fort, Oxum le protégera.

— Pourquoi ris-tu ?

— Ton enfant sera un être magique, un fils d'Oxum.

Entendre cela me ravit, Mia doit avoir raison. De toute manière, j'ai rêvé de cette pierre noire et j'en ai assez d'être coincé dans ce ventre archi-serré par des corsets. Il n'y a que la nuit où je puis respirer à mon aise, où je m'étale.

— Faut-il que je garde le sang sur moi ?

— Il va se coaguler, tendre la peau. Regarde comme mon pauvre ventre est plat, lui qui était si rond, si gonflé. Et mes seins, si durs, pleins de lait.

Pourquoi les Blancs ont-il peur du sang ? Elle hésite, et finit par trouver la meilleure solution : obéir à Oxum et passer la nuit sur son prie-Dieu. Pourvu qu'elle ôte son corset avant d'entamer ses litanies !

— Je vais faire préparer la plus belle

fête que Bahia ait jamais vue. Bientôt, tu auras un autre enfant.

— Dans dix ans, Oxum me l'a dit.

— T'a-t-elle dit quelque chose à propos du mien ?

Mia se mit à rire. Tiziana, vexée, allait la congédier de quelques mots acérés lorsqu'elle vit les yeux de la statuette polychrome se faire menaçants. Elle se vit mourante, mettant au monde un monstre, et se radoucit aussitôt. Tiziana convoqua tous les domestiques, ordonna qu'on se procure de la *cachaça*, qu'on prépare les mets les plus raffinés et que tous les musiciens disponibles accourent au salon de musique pour se familiariser avec les rythmes des polkas, des valses et des mazurkas sur lesquels elle désirait faire danser ses invités. Elle donna un coupon de soie jaune aux couturières et commanda deux robes à crinolines, l'une pour Mia, l'autre pour elle-même. Elle retira un anneau d'or serti d'un petit rubis qu'Albano lui avait offert à Venise, et le passa au doigt noir de Mia émerveillée. Oxum aimait l'or et Tiziana ne doutait plus que la jeune fille avait été visitée par la divinité des eaux. Prudence.

Dès que le clavecin cessa, merci Oxum, le jardinier frappa à la porte du salon de musique. A l'invitation de Tiziana, il entra et fit un rapport complet sur l'état du jardin.

— Le datura a-t-il repris un peu de forces ?

— Les papillons en sont friands, Madame.

Dans les baraques, on se faisait des cigarettes de datura pour oublier.

— As-tu vu Mia ?

— Elle est installée dans les branches du vieux figuier, elle regarde toujours le ciel. Elle veut être la première à apercevoir la pierre noire.

— Dis-lui de venir essayer sa robe, tout à l'heure. J'aimerais que tu fasses construire une petite estrade près de la fontaine pour les musiciens.

— C'est l'endroit où les tables sont installées.

— Alors, au-dessus du bassin, c'est possible ?

— Bien sûr, Madame.

Albano complimenta Mia et Tiziana. Les robes étaient splendides. Mia arborait de courtes tresses nouées avec des rubans bleus. Elle colla une mouche sur l'un de ses petits seins durs que le décolleté jaune mettait en valeur.

— Les artificiers sont au travail. Le professeur Vasco a planté un télescope sur l'estrade des musiciens, des paniers de crabes sont arrivés dans les cuisines, une odeur délectable envahit les étages, et j'ai envoyé des valets prévenir nos invités. La soirée promet d'être superbe. J'ai convié le docteur de Souza et deux sages-femmes à se joindre à nous, sait-on jamais, la prophétie pourrait se réaliser. Comment te sens-tu ?

— Parfaitement bien. J'ai de la peine à penser que je pourrais accoucher d'ici quelques heures, et cette coquine de Mia, malgré mon cadeau, refuse de me dire si ce sera une fille ou un garçon.

— Le sait-elle ?

— Bien sûr, Monsieur Albano. Oxum ne me cache rien...

Les pieds nus de Mia glissaient avec grâce sur les planchers usés de palissandre. Du jardin montaient les cris excités des artisans et des domestiques.

— Maintenant que tu es une vraie princesse et, qui plus est, une fille d'Oxum, nous devrions peut-être nous concilier les dieux en t'installant dans l'une des chambres de la maison ?

— Oh ! oui, Monsieur. Je pourrai veiller jour et nuit sur l'enfant.

Je sursaute. Je ne sais si j'entends bien. Il y a parfois des gargouillis de cascades qui empêchent une claire compréhension de ce qui se raconte au-dehors. « Veiller jour et nuit sur l'enfant. » Magnifique ! Albano n'est pas si mauvais bougre. Il tuerait père et mère pour quelques émeraudes, mais il a des gestes.

— Qu'en dis-tu, Tiziana ?

— Si Mia travaille correctement...

— Saurais-tu faire manger mon vieux père ?

— Ce qu'un enfant peut faire, un vieux le peut aussi.

— Alors, c'est décidé. Tu recevras une pièce d'or par semaine, cela te permettra de te marier si tu conçois un autre enfant.

— Je serai tout entière dévouée à votre fils.

— Mon fils ! cria Tiziana.

— Ça m'a échappé !

— Nous l'appellerons Oswaldo, en mémoire du grand-père d'Albano qui quitta la Vénétie pour s'installer ici et commença ainsi la noble branche des Gagino de Bahia.

— Oswaldo Maria Gagino...

Mia se mit à rire de plus belle et s'enfuit dans un bruissement de soie. Elle dévala l'escalier en marbre de Lisbonne et courut aux cuisines, chaparda quelques crevettes crues et un *jaça* aux graines dorées et au jus parfumé. Sa mère et toutes les autres cuisinières l'admirèrent et Mia, rassasiée de nourriture et de compliments, annonça qu'elle habiterait désormais la grande maison, qu'elle s'occuperait de Baldassare et de l'enfant.

— Méfie-toi, lui dit sa mère, Baldassare a la main leste, malgré son âge.

— On n'a jamais engrossé personne à la main, répliqua Mia en disparaissant dans le jardin qu'elle traversa comme une comète.

J'avais emprunté l'ascenseur avec Emiliana. Nous avions traversé la place. Deux femmes vêtues de blanc saluèrent leur « sœur ». En passant à côté de la *Cantina de Lua*, je me vis assis là, le premier soir, désespéré. Lorsque je dis « je me vis », il ne s'agit pas là d'une image : j'étais attablé là, tenant mon cigare éteint, devant ma *caipirinha*. Mon corps était sec, mes yeux ternes, ma douleur stérile, indigne du monde qui m'entourait.

— C'est fini, maintenant, dit Emiliana.

Je la regardai, étonné. Elle serra ma main dans la sienne.

J'entendis le son clair de la radio. Nous entrâmes dans la boutique. Pietro était agenouillé sur le sol, en train de dessiner une pièce manquante. Les bois avaient été repoussés pour laisser place au clavecin dont tous les fragments envahissaient le sol dallé. Pietro portait des lunettes. Matteo réparait une commode. Ils regardèrent Emiliana avec une sorte de plaisir étonné et je sentis que sa présence revêtait une signification particulière à leurs yeux. Ils la saluèrent avec une emphase un peu surannée, mais sincère et chaleureuse.

Ainsi mis à plat, éparpillé, le clavecin retrouvait une sorte de dignité, de grandeur. Le clavier, qui avait le moins souffert, seule partie avec l'éclisse à être d'une seule pièce, rayonnait de toute sa belle noirceur.

— Vous avez travaillé vite...

— C'est magnifique ! Magnifique ! dit le père, extasié.

Matteo baissa le son de la radio qui diffusait *Gostoso Veneno*, la même chanson qui avait présidé à notre rencontre à la *cantina*. Un signe de plus. Mais m'en fallait-il encore ?

— La radio marche à merveille, fit Matteo.

— J'aime bien entendre le chinois, dit Pietro. La langue me raconte des histoires, chaque mot se traduit à sa manière dans ma tête. Pourtant, je n'ai pas bu.

— Est-ce qu'on peut entendre l'Afrique ? demanda Emiliana.

Fièrement, Matteo se mit à tourner le bouton des fréquences. Il finit par trouver. C'était un disque de *reggae* sénégalais. Emiliana écoutait, ébahie. Son corps se mit à onduler, au grand plaisir de tous.

— C'est un mystère, dit le père en contemplant le clavecin.

— A-t-il été baptisé ?

— Baptisé ? m'étonnai-je.

— Oui, répondit Emiliana, un instrument n'a pas d'âme tant qu'il n'a pas été baptisé par une Mère des dieux. Mes tambours parlent parce que des dieux les habitent.

— Elle a raison, dit le père. Un instrument ne devrait appartenir qu'à une seule personne, sans qu'aucune autre ait le droit de le toucher. Sans quoi, il perd son âme.

— C'est peut-être ça qui a détruit le clavecin, les dieux sont violents, remarqua Emiliana.

— J'ai envie de refaire les pieds en acajou, ils seront robustes et s'allieront à souhait avec le tilleul du corps et l'if des parties internes.

L'absence de cordes me fit penser au clavecin oculaire du père Castel, tel que Diderot le décrit dans sa *Lettre sur les sourds et muets à l'usage de ceux qui entendent et qui parlent* :

> « Vous connaissez au moins de réputation une machine singulière sur laquelle l'inventeur se proposa d'exécuter des sonates de couleurs. J'imaginai que, s'il y avait un être au monde qui dût prendre quelque plaisir à de la musique oculaire et qui pût en juger sans prévention, c'était un sourd et muet de naissance. Je conduisis donc le mien rue Saint-Jacques dans la maison où l'on montre l'homme et la machine aux couleurs. Ah ! Monsieur, vous ne devinerez jamais l'impression que ces deux êtres firent sur lui, et moins encore les pensées qui lui vinrent.
>
> « Vous concevez d'abord qu'il n'était pas possible de lui rien communiquer sur la nature et les propriétés merveil-

leuses du clavecin ; que, n'ayant aucune idée du son, celles qu'il prenait de l'instrument oculaire n'étaient assurément pas relatives à la musique ; et que la destination de cette machine lui était tout aussi incompréhensible que l'usage que nous faisons des organes de la parole ; que pensait-il donc, et quel était le fondement de l'admiration dans laquelle il tomba à l'aspect du père Castel et de ses éventails ? Voyez, cherchez, Monsieur, comment un homme aussi privé des moyens d'apprécier le père Castel et ses productions, que l'est un sourd et un muet de naissance, peut prendre le père Castel et ses productions pour des choses admirables ? ou plutôt, écoutez. Le voici.

« Mon sourd s'imagina que le père Castel était sourd et muet aussi ; que son clavecin lui servait à converser avec les autres hommes ; que chaque nuance sur le clavier avait la valeur d'une des lettres de l'alphabet ; et qu'à l'aide des touches et de l'agilité des doigts, il combinait ces lettres, en formait des mots, des phrases, enfin tout un discours en couleurs.

« Après cet effort de pénétration, convenez qu'un sourd et muet pouvait être assez content de lui-même. Mais le mien ne s'en tint pas là. Il crut tout d'un coup qu'il avait saisi ce que c'était que la musique et tous les instruments de musique. Il crut que la musique était une façon particulière de communiquer la pensée, et que les instruments, les vielles, les violons, les trompettes étaient entre nos mains d'autres organes de la parole... »

— Venez demain à la première heure, si vous voulez connaître les mystères de cet instrument. J'aurai tracé le gabarit et commencerai le travail.

Le soir, de retour au *terreiro*, il y eut une cérémonie. Emiliana joua, les dieux descendirent sur trois femmes et un homme qui connurent de longues transes, insensibles à ce qui se passait autour d'eux, agités de convulsions que Gil Maria déchiffrait, ayant toujours l'air d'avoir les pieds sur terre et la tête dans les cieux où esprits et divinités vivaient dans la plus franche turbulence. Il y eut du sang, des poulets sacrifiés, des regards révulsés, des bâtons d'encens et des bougies consumés. J'assistai au rituel avec la totalité de mon corps qui répondait aux sonorités graves du tambour d'Emiliana. Elle fermait les yeux, sa peau d'or sombre, dans l'éclat du feu et des bougies, se couvrait de fines perles de sueur. Je comprenais que sa qualité de musicienne lui valait une place à part sur le *terreiro*, c'était une sorte de médium sonore qui reliait les mondes et assistait à toutes les cérémonies, proche de la Mère des dieux tout en conservant entière son autonomie. On ne lui demandait rien d'autre que de jouer, alors que les autres initiés, eux, dépendaient de Gil Maria. Ignorant, placé au centre du cercle magique, j'avais d'emblée laissé mon corps frayer son chemin. J'étais le premier étonné de n'avoir posé aucune question. J'avais l'impression que c'était précisément ce silence qui faisait que j'étais là en cet instant, ouvert à la musique, aux sons des autres, à l'esprit d'Afrique. Pourtant, ces îlots de sérénité étaient encore entrecoupés de visions d'une fraction de seconde, fulgurantes et compactes, qui me traversaient, laissant en moi leur sillage mortel sans que je fusse capable d'en déchiffrer le contenu ou d'en retenir les images.

Gil Maria et Emiliana communiquaient avec les dieux d'une manière continue, harmonieuse, sans ces saccades, ces accès brutaux de la transe. Avec une joie faite de complète ouverture, de constants va-et-vient entre l'ici et l'ailleurs, jeu de l'être uni à l'univers, allié à l'espace, familier des cordes cosmiques, des bruissements du vide, sans angoisse face à l'infinie gloutonnerie des trous noirs, franchissant avec souplesse les murs galactiques, partie prenante à toutes les fusions, à tous les refroidissements.

La Mère des dieux mit fin à la transe des quatre initiés par un léger frôlement de la main pour l'un, un souffle sur les yeux pour l'autre, une phrase murmurée, un claquement de doigts. Les dieux répondirent à la subtilité de la reine au regard chargé d'infini. Ils se retirèrent sur la pointe des pieds, laissant l'espace marqué du creux de leur présence.

Au terme de cette lente dissolution, les dieux s'en allaient rassasiés, tout en demeurant assez légers pour regagner leurs royaumes. La Mère s'approcha de moi et me donna une chiquenaude à la racine du nez, entre les deux yeux. J'eus l'impression d'être un tambour, elle avait à peine effleuré ma peau, la vibration descendait en moi comme si tout mon corps s'était évidé. Le son sortit par mes pieds nus, s'enfonça dans la terre battue.

Gil Maria prononça quelques mots à l'oreille d'Emiliana qui me regarda, complice, se leva, prit le plus petit tambour et m'entraîna dans sa chambre.

Nu, éventé par les courants d'air tièdes, je sentis mes membres s'étirer, grandir. Emiliana était assise à mes côtés, caressant son tambour dont les faibles vibrations me pénétraient. Ce que Gil Maria avait entamé, elle le continuait, l'amplifiait à présent. Je commençais à sonner. Ma peau s'ouvrait. Ma respiration devenait d'une profondeur et d'une amplitude qu'elle n'avait jamais atteintes. Mes poumons s'étaient dilatés à l'extrême. J'étais devenu l'instrument des sons. Mes muscles, mes tendons, mes os jouissaient de leur propre musique.

L'intensité augmentait. Insectes, reptiles et oiseaux pouvaient me traverser, se lover, se nicher en moi, laper les eaux fraîches de mes rivières et de mes lacs. Courses, repos, halètements.

Une source jaillit de mes entrailles, bouillonnant d'impétueuse fraîcheur. Son débit s'amplifiait avec le rythme et le son du tambour, puis l'eau se fit lumière. Je donnais naissance, j'étais femme, je connus les spasmes d'avant l'invention de la douleur.

Tout sortait de moi, de *ça* qui était couché là, sans la béquille des mots. C'étaient le son, la musique, l'espace d'avant la parole, là où nous avions dû végéter si longtemps avant de grogner, de balbutier, de tenter désespérément de signifier quelque chose.

Tout se présentait à l'envers : l'invention du langage devenait une barbarie aux conséquences plus graves que les bains de sang tumultueux ou les génocides silencieux de l'Histoire. Ce jaillissement charriait également des boules compactes et dures d'angoisses non déchiffrées, non exprimées, que la parole et la pensée se refusaient à nourrir plus longtemps.

Emiliana jouait de mes cordes, ses *pizzicati* sonnaient en moi. Je glissai en dessous du seuil de compréhension. Orchestre de jungle, symphonie primitive.

Mia entra dans la maisonnette en bois, ôta sa robe, la suspendit sous la véranda. Elle avait l'habitude de dormir là, dans un hamac. A l'intérieur, il y avait le lit de sa mère, une valise en carton qui protégeait les châles de couleur, les jupes blanches, les madras et les caracos. Une paire de sandales pour les grandes occasions. Oxum. Fleurs. Bougies. Et la cuisine et les poules et les coqs et les parfums. Mia, toujours pieds nus, pria Oxum de ne point faire dégringoler la pierre sur la tête d'un domestique ou d'un invité. Elle remit sa robe blanche, usée, tachée, à la trame si fine qu'elle la sentait à peine. Les musiciens se dirigeaient d'un air las vers la grande maison. La chaleur commençait à devenir insupportable. Le jour déclinait. Le ciel comme un dôme piqueté de points lumineux. Mia caressa le tronc du vieux figuier. Elle monta sur la fourche la plus élevée et pria Oxum :

— Envoie-moi un signe. La douleur ne m'a pas rendue folle. Il y aura bien une pierre noire qui tombera du ciel, sans tuer personne. Il faut que la pierre noire tombe, autrement je serai fouettée, malgré les menaces d'Albano. Pourquoi cette femme cruelle porte-t-elle un enfant, et moi qui t'offre des bougies, des animaux à deux et quatre pattes, mes chants et mes rêves, mes plaisirs et mes souffrances, mon corps dans lequel tu descends, pourquoi ai-je mis au monde un fils étranglé par le cordon ombilical ? Pourquoi ? Pourquoi ? Pourquoi ?

Une étoile filante. Mia pousse un cri. Larmes. L'une d'elles descend jusqu'à son ventre, jusqu'à son con[1]. Elle apaise la douleur.

1. Il serait intéressant d'explorer comment « Kunda », la Grande Déesse, la Mère de l'Univers, a été destituée de ses fonctions par une succession de falsifications dans lesquelles le judaïsme et le

— Merci. Merci. Merci, Oxum. Tu es bonne et douce comme la mangue, comme la bite des hommes. Donc, mon rêve va se réaliser. Quelle surprise ! Moi, dans la grande maison ! J'espère qu'ils ne me feront pas dormir sur l'une de ces couches plates où on ne peut même pas se balancer. J'aime me balancer. Je me balance toujours. C'est le seul moyen d'oublier les soucis du jour et de trouver le sommeil, de dormir pour te rejoindre et osciller dans le ciel avec toi. Je passerais bien toutes les journées chaudes dans le ciel. Fait-il moins chaud, là-haut ? Est-ce que les dieux transpirent, est-ce qu'ils sentent bon, est-ce qu'ils crient en faisant l'amour ? Envoie-moi une autre étoile

christianisme ont joué un rôle prédominant. Cette histoire est celle de la scission entre le corps et l'esprit, base de notre culture et de notre misère dualistes. Il fallait détourner la beauté de ce mot-source. Les dérivés sont nombreux pour attester l'ampleur de cette falsification : *cyn* en vieil anglais, *kuni* en gothique, *cunnus* en latin, *cunte* en anglais médiéval, *kunta* en frisien, *cuna* en basque, *conin* en français médiéval. *Cunt*, dans les écrits anciens, est synonyme de « femme ». Le mot n'a pris son sens péjoratif et vulgaire qu'au XVIIIe siècle.

filante, si c'est oui... Vas-y ! Qu'est-ce que tu attends ?... Tu ne veux pas me le dire. Ça ne fait rien. Moi, je pense que toutes ces choses existent. A quoi cela servirait-il d'être un dieu si on ne pouvait être ému par le parfum d'une fleur ? Tu ne dis rien ? Tu es d'accord avec moi ? J'ai hâte que l'heure vienne, que le ventre de ma maîtresse s'ouvre et livre passage à ce petit être qui sera mien. *Meu Oswaldo. Meu Oswaldo. Meu Oswaldo.* Enfin mes seins vont servir à rassasier un petit démon. Un double glouton. Je serai ta nourrice. Tu essaieras ta mère d'abord, ensuite tu découvriras mon noir téton de droite, mon téton noir de gauche. Blues. Samba. Blues. Clavecin contre *marimba*. Guerre magique des ancêtres. Je t'apprendrai l'Afrique. Les prêtres, leur Dieu froid et méchant qui ne sait pas danser, et les mathématiques. Les Blancs ne savent même pas parler à leur Dieu. Ils baissent la tête, rentrent les épaules, cessent de respirer, crispent leurs muscles, ferment les yeux. Raides, le corps cadenassé. Comment Dieu viendrait-il prendre d'assaut une telle forteresse ? Oxum a dit que tu seras très fort en mathématiques. La musique te reposera la tête et le corps. La musique du monde obscur. Pas la musique polka-mazurka-valse. Celle qui colle les corps et les excite, pas celle qui raidit les muscles sans les faire jouir.

Un nuage passe. C'est rare dans ce ciel. Les musiciens gravissent les marches qui mènent au salon de musique.

— Elle va encore essayer de nous expliquer la valse et ses trois temps. Un, deux, trois. Un-deux-trois.

Les musiciens se mettent à rire.

— Pendant qu'on jouera, personne ne nous apportera à manger. Je sens l'odeur du *sarapatel*, tripes, foie et rognons dans le sang du porc. Ah ! Rosita, garde-m'en une petite portion dans une feuille de bananier !

Tiziana est assise à son clavecin. Les musiciens s'inclinent. Le joueur de *marimba* demande aux dieux de lui pardonner. Le joueur de tambour a troqué les instruments sacrés contre des tambours neufs, verts, non encore habités.

Le Beau Danube. Un, deux, trois. Un-deux-trois. Misère. J'entends ce grotesque zinzin destiné aux pieds blessés par les chaussures, aux tresses de cheveux morts, aux nichons flasques sous les corsages empesés. Un-deux-trois. Tiziana s'insurge. Les nègres jouent trop fort. Elle veut être au premier plan, toujours. Comment un tel amour de la musique peut-il s'accommoder d'une pareille absence de dons ? Moi, je n'ai d'oreilles que pour le *cuica* et le *marimba*, la guitare, le son feutré, peau contre peau, des percussions, le tintement de la cloche. Je commence à me tortiller. Ce n'est certainement pas une valse. Ça non ! Je danse dans mon liquide amniotique. Respire ! Respire ! Je manque d'air. Il n'est pas possible que les Blancs puissent se glorifier de cette musique aussi vivante que du fil de fer barbelé. Dès que j'aurai la liberté de mouvement nécessaire, il faudra que je fasse une enquête.

— Un ! Deux ! Trois ! crie Tiziana, saisie d'une frénésie rythmique bancale.

J'entends des claquements de doigts. Voilà, c'est ça ! Le pauvre guitariste est vertement rabroué. L'autorité tient dans le son d'une voix disgracieuse aux effets paralysants. Ma mère est un agent paralysant. Un ennemi de la musique. Un torse saucissonné, la mort des baleines ! Je promets de lire *Moby Dick*, de défendre la musique. De compter au-delà de trois, sans toujours repartir du début. J'aimerais entendre la voix de Mia. Dans la maison. S'occuper de moi. Oxum, je t'allumerai une bougie dès que je serai en âge de jouer avec les allumettes. Maintenant, voici des mazurkas et des polkas. De l'air, du ciel, des tétons noirs, une atmosphère parfumée dans laquelle je puisse me faire la voix. Mes cordes vocales commencent à me démanger. Je fais un petit repérage. La voie de sortie s'offre à moi. Pense aux coups de fouet que tu as distribués ! Le clavecin s'arrête enfin. Bénédiction.

— Après cela, vous pourrez jouer *votre* musique. Certains invités en sont friands, dit-elle avec une pointe de dédain.

— Merci, Maîtresse. Merci.

— Mais de la tenue. Le corps droit. Et vous arrêterez dès que je vous ferai signe !

— Oui. Oui. Oui.

— Un-deux-trois. N'oubliez pas.

Ils descendirent plus tristes qu'ils n'étaient montés. Des flambeaux partout dans le jardin. L'estrade construite sur la fontaine. L'incessant va-et-vient des cuisinières. Odeur du *molé*, crabe farci saupoudré de manioc et passé au four. C'est bon. L'huile dorée du *dendé*. *Aracajé*, beignets de farine de haricots. *Xinxin de galina*, poulet, coriandre, crevettes. Desserts : *babas de moca*, crème de vanille et de coco, pyramides de fruits. Gâteaux. Les oiseaux se mettent à picorer, on les chasse.

Les artificiers fixaient les feux de Bengale. Boîtes de cigares bahianais, carafes de vins italiens, chocolats et friandises. Mia était toujours perchée dans son arbre. Elle ne comptait plus les étoiles. Elle ne priait plus, il était trop tard. Le temps que les messages parviennent aux dieux, qu'ils modifient leur scénario, la fête aurait déjà commencé.

— Mia ! Mia ! Va mettre ta robe et tes chaussures.

— Pas de chaussures !

— Comme tu veux, mais descends de là !

— Et qui verra la pierre noire, si je ne suis pas là ?

— On n'a jamais vu de pierre noire tomber du ciel.

Le clavecin

Patience, patience,
Patience dans l'azur !
Chaque atome de silence
Est la chance d'un fruit mûr !...

Albano devant un miroir se débat avec sa cravate pourpre. Maladroit à l'idée d'être père d'un prématuré. Enfin... Les nègres ont parfois raison. Qui sait ? Il finit tout de même par réussir un semblant de nœud. Et cette redingote ridicule, cette armure empesée, cette chemise au col cassé qui lui blesse le cou. Il préférerait être dans la jungle à compter les émeraudes et les diamants extraits de ses mines, prendre un paquebot pour Londres, Paris, Bombay, porteur des plus belles pièces en forme de poire, pour les maharajahs et autres richissimes nababs. Voyager. Partir. Seul.

J'attendais depuis quelques minutes devant l'échoppe lorsque le père de Matteo arriva, sa radio sous le bras, suivi par un groupe d'enfants qui lui demandaient d'écouter du chinois. Il trouva la station, les gamins s'amusèrent à essayer d'imiter les inflexions de la langue lointaine, tandis que Pietro ouvrait la porte du sanctuaire.

— Emiliana n'est pas venue ?

— Elle s'occupe de ses tambours.

— Ces Italiens étaient les maîtres de notre art. Hier soir, j'ai découvert des particularités fascinantes en observant les détails du travail. Ne lâchez pas le poste de radio, ces gamins disparaîtraient en un rien de temps avec le fruit de leur larcin !

D'un geste, il congédia la petite troupe

et m'invita à entrer. Il fit chercher deux *cafesinhos* et un morceau de brioche parfumée à l'eau de fleur d'oranger qu'il découpa en deux parts égales sur un coin de l'établi.

— Maintenant, les jeunes n'apprennent plus, ils étudient. Vous voyez les résultats. On ne sait plus admirer le travail des anciens, on achète des meubles en plastique et si vous voulez un bon vieux tabouret, il y a toutes les chances qu'il soit branlant. On perd la main, l'œil et l'esprit avec.

— Délicieuse brioche...

— C'est la vieille Luala qui l'a faite. Même pour faire une bonne brioche, il faut avoir la main.

Pietro se pencha, prit délicatement une partie de l'instrument.

— Regardez cette éclisse, grâce à Dieu, elle est presque intacte. Elle a perdu sa courbure, car le facteur de cet instrument ne l'a passée ni à l'étuve, ni à la forme, ce qui réclame une grande habileté. C'est du cyprès très fin, à peine cinq millimètres. Elle était maintenue et collée sur le fond de la caisse, en sapin, d'une épaisseur de treize millimètres. Comme vous voyez, le fond a été pulvérisé lors du choc, je vais le refaire entièrement, ce n'est pas bien difficile. Les équerres en sapin que vous apercevez là y étaient fixées et soutenaient l'éclisse sur toute sa longueur, ce qui permettait au bois de prendre naturellement sa cambrure. Entre les équerres, de petits arcs-boutants étaient disposés en oblique. Ici et là, les contre-éclisses, le sommier et le contre-sommier collés au fond de la caisse, sur laquelle repose l'avant de la table d'harmonie. La charpente est à la fois légère, bien conçue et rapidement exécutée. Je pense que cette caisse a dû être montée en trois ou quatre jours.

— Et la table d'harmonie ?

— Ah ! ça, c'était sans doute la plus belle pièce ; malheureusement, elle a été brisée lors de l'impact. Regardez, en en rassemblant les morceaux, on peut voir qu'elle est épaisse de quatre à cinq millimètres sous le chevalet, et très effilée sur les bords. Le cyprès très sec, dont les veines vont dans le sens des cordes, sans un nœud, sans la moindre irrégularité, est simplement ciré. C'est un bois dépourvu de résines, très stable. L'ouverture que vous voyez ici s'appelle la *rose*, elle est faite de parchemin et de bois de placage, c'est de l'admirable ouvrage. Elle est cylindrique et descend dans l'ouverture que je ménagerai dans le nouveau fond. Le chevalet a un peu souffert, il était d'une section égale sur toute la longueur. C'est du bois plus dur, du noyer. Voyez le sillet qui se termine par une gracieuse volute. Cet instrument devait posséder une ligne, une élégance particulières et être d'une grande légèreté. Je pense qu'une fois restauré, il sera à peine plus lourd qu'une contrebasse. De la légèreté dépendaient la tension des cordes et la beauté du son. Beauté de la forme et propriétés acoustiques vont de pair, et tout cela est fait sans plan, d'une main sûre et rapide. C'est merveilleux. Le clavier est monté sur un châssis à trois traverses, les touches tiennent en place par la mortaise dans laquelle passe une pointe de balancier. Collé à la queue de la touche, inséré dans son extrémité, un onglet de bois glisse dans cette rainure sciée dans un bloc monté juste derrière la touche, sur la traverse arrière du châssis ; c'est ce qu'on appelle le peigne. La traverse antérieure du châssis, recouverte d'un tissu dont il reste encore quelques fragments, arrêtait la course des touches qui revenaient à leur place sous l'effet de leur propre poids. Les touches sont en hêtre recouvert d'un placage d'ébène pour les touches chromatiques et d'une petite palette d'os de bœuf — qui reste toujours blanc, contrairement à l'ivoire qui jaunit avec le temps — pour les touches diatoniques. Le plus remarquable, c'est que les registres sont sciés dans un seul bloc de bois, ce qui devait demander une grande habileté d'exécution. Les sautereaux à *saltando* reposent sur la queue des touches et leur plectre est en plume de corbeau, il en reste encore quelques-uns. Dans tout cela, pas une vis. Les cordes en fil d'acier étaient la seule partie métallique de cet instrument, en dehors des chevilles sur lesquelles on fixait les cordes que vous voyez ici. Jusqu'au XVIIe siècle, on jouait debout, en sortant l'instrument de sa caisse et en le déposant sur une table haute. La caisse était passée à l'huile et bordée de très fines moulures qui ont été en parties détruites. La courbure du chevalet suit celle de la table d'harmonie sur laquelle il est collé. Le couvercle est lui aussi en morceaux, mais je pourrai le restaurer ; c'est lui qui a reçu l'impact initial. Ah ! les méfaits de la tempête ! Voulez-vous que j'essaie de me procurer des cordes à Rio ?

— Non. Je préfère que l'instrument retrouve sa forme et laisse sa sonorité au passé. Mais comment avez-vous fait pour en savoir si long sur le clavecin ?

Pietro se mit à rire. Il avala le reste de la brioche et me jeta un regard malin.

— Depuis que j'ai arrêté de travailler, j'ai consulté quelques ouvrages sur le sujet. J'avais besoin de savoir comment tout cela était construit, même si je ne devais jamais entreprendre la restauration de ce maudit instrument. Curiosité d'ébéniste. Obsession de vieillard désœuvré, que sais-je ? Ce clavecin me hantait, ses morceaux venaient me visiter la nuit, ils se moquaient de moi, me défiaient de parvenir à les rassembler, tout cela dans une cacophonie infernale. Parfois je bénissais la tempête, j'approuvais la destruction de cet instrument arrogant !

Pietro avait dessiné ses gabarits sur du papier dont les architectes se servent pour tracer leurs plans. Il me montra le fond, le bois qu'il avait sélectionné pour le découper d'une pièce, à l'image de l'original. Il débarrassa l'établi, chercha une station diffusant de la musique brésilienne et se mit au travail pendant que j'allumais un cigare, assis sur un escabeau. Pietro travaillait lentement, reportant son dessin avec soin, sifflant d'admiration lorsqu'il traçait la courbe prononcée de l'éclisse.

Vers deux heures, il m'emmena déjeuner dans une *cantina* où l'on nous servit du poulet, du riz et des haricots noirs. Je commandai une bouteille de vin, ce qui lui fit le plus vif plaisir. Il continuait à me parler du clavecin tel qu'il le voyait déjà, fièrement exhibé dans la vitrine de son échoppe. Brillait dans son regard une lueur pareille à celle que fait naître le plaisir enfantin retrouvé, un rêve accompli sous ses yeux.

Je passai la journée en sa compagnie. Il scia le fond avec une sûreté digne de l'artisan italien qu'il honorait en chacun de ses gestes. Le soir, lorsqu'il ferma boutique, nous nous installâmes à la *Cantina da Lua* pour boire une *caipirinha.*

— La première fois que je vous ai vu, j'ai pensé : voilà un homme qui a la tristesse et le teint blême d'un claveciniste. Mais, aujourd'hui, vous êtes bien différent. C'est la puissance du *candomblé*. Mais attention, ces choses-là ne sont pas vraiment faites pour nous. Ce sont des forces qui nous dépassent, il arrive qu'elles brûlent.

Albano descendit dans le grand salon prêt à accueillir ses invités. Une jeune repasseuse le gratifia d'un sourire à consumer un inquisiteur. Bienfaits de la redingote : il bandait extraordinairement lorsque la cloche de l'entrée tinta pour la première fois. Les larbins en gants blancs ouvrirent. Ce qu'il y avait de plus riche, de plus laid, parfois aussi de plus beau, faisait son entrée. Mille parfums écœurants. Tiziana comme un serin ivre voletait de l'un à l'autre.

Toutes ces voix perchées dans l'aigu sont une insulte à mes oreilles délicates. Ma position m'empêche pour l'instant de me les boucher. Que de compliments déversés ! C'est à croire que le monde est délicieux, charmant, délectable, frivole, extravagant, séduisant. Frous-frous mous qui traversent l'échiquier des salons. Cessant de frapper le marbre blanc et noir, les talons s'enfoncent dans le silence de l'herbe, immolant çà et là quelques animalcules dont je suis le seul à percevoir les cris d'agonie. Pourquoi faut-il que je sois sensible aux soupirs, aux râles, à la musique des Noirs, au velours de leur peau, à l'extase d'un caméléon qui sort sa langue rouge sur une feuille de bananier ? Peut-être la naissance renverse-t-elle les perceptions ? Le Blanc rose que je suis gardera-t-il toujours une âme de lychee dans son sirop gluant ? Si c'est cela, je reste, je vais me cramponner à la matrice de ma mère ! Je dis non, je ne participe pas à la fête, je me retourne. Tant pis. Si l'on veut m'extraire, il faudra une césarienne. Je reste. Je reste. Si le monde est tel que je l'entends, pourquoi naître pour mourir ? Autant garder ses illusions. Si je disais non tout de suite ?

— Vous êtes très belle, Maîtresse.

C'est elle. Sa voix. Cette voix qui vient du con et non de la gorge ou de la tête. Mia ! Je veux naître ! Je veux voir ça de plus près, entendre toutes les fréquences du spectre, les basses, les harmoniques, tout ! Je veux voir l'éclat de ton obscurité !

— Merci, Mia. Allons au jardin. Que la fête commence !

A qui le dites-vous, Mère... Musique ! Horrible musique !

— Par là, le clavecin, bien en vue, sur l'estrade !

Rien que le mot *clavecin* me donne des convulsions. Mes nerfs sont à vif. Oxum, balance donc ta pierre noire et que ma vie *extra muros* commence !

Patience, patience,
Patience dans l'azur !
Chaque atome de silence
Est la chance d'un fruit mûr !...

Mia trempait ses doigts agiles dans le *caruru*. Les délicieuses crevettes baignaient dans le *dendé* pimenté et l'huile couleur safran glissait sur l'émail resplendissant de ses dents. Les invités ne cessaient d'affluer. Après quelques politesses d'usage, ils se ruaient sur le buffet, goûtaient à tout, se bousculaient. Mia avait mal à la nuque. Elle n'en pouvait plus de regarder l'azur assombri, les étoiles. Comment voir une pierre noire sur un fond bleu nuit ? Mia but de la *batida* aux fruits de la Passion dans un gobelet d'argent. La *cachaça* lui montait agréablement à la tête. Les fleurs nocturnes distillaient leurs arômes. Les torches illuminaient les robes lamées, les bijoux, les coiffures poudrées. De petites assemblées se formaient autour des tables rondes disposées dans le jardin. Les nappes blanches commençaient à être maculées de taches de vin, d'huile de palme, de sirops, de *batidas* et de *caipirinhas* renversées.

Dans la maison, les invités admiraient les marbres, les bouquets de fleurs, les boiseries de cèdre, les tapisseries françaises, les ivoires sculptés des Indes, les porcelaines de Chine, les pilastres à almofadas, les tentures, les caissons en relief, les meubles de marqueterie en écaille de tortue, en ivoire et vermeil, les carreaux de faïence bleue qui décoraient la salle d'eau. Tout brillait, renvoyait les mille feux des bougies et des lampes à pétrole qui se démultipliaient dans les grandes glaces vénitiennes où belles dames et beaux messieurs se regardaient furtivement, se rajustaient, retraçaient une ligne bleue sur une paupière, rajoutaient une touche de carmin sur une lèvre molle, s'arrachaient un poil blanc qui avait jusque-là échappé à l'examen. Les domestiques allaient et venaient avec les plateaux d'argent, les carafes de cristal ; les servantes avaient jeté des châles rouges sur leurs belles épaules noires, elles s'amusaient tout en évoluant parmi ces hommes et ces femmes sortis de cocons dorés pour exhiber leur pâle fragilité. Nez fins, peaux transparentes, seins laiteux. Beauté de certains regards bleus ou noirs de jeunes filles et de jeunes gens oscillant encore entre deux mondes, incertains de leur trajectoire, anxieux à l'idée qu'ils pourraient ce soir, dans ces lieux enchantés qui ouvraient la chair comme un calice de fleur nocturne et la prédisposaient à une gamme infinie de sensations, provoquer peut-être la vibration d'une corde sympathique. Ces regards se cherchaient, se perdaient dans les feuillages, se faisaient songeurs ou enjoués, contemplaient le ciel en réprimant un tressaillement.

Moi, j'attends de naître. Je prends mon mal en patience. Je me laisse bercer dans le brouhaha des voix. Tiziana court d'un bout à l'autre du jardin. On la complimente sur son ventre énorme. Le petit est-il turbulent ? Donne-t-il des coups ? Il aura certainement un grand nez, comme son père, comme son grand-père, comme tous les Gagino. Et si mon nez coinçait, s'il empêchait l'expulsion des sept ou huit livres de chair que je suis déjà ? Et voilà Monsieur le chirurgien, homme de science, si sûr que l'Univers est fait pour entrer dans ses plans. Ma chère Tiziana, vous êtes bien grosse, mais je peux vous garantir que la naissance n'est pas pour ce soir. Ressentez-vous des poussées, des fulgurances internes, des signes avant-coureurs ? Nullement, mon bon ami, nullement. Il est vrai que moi-même, futur né, Oswaldo Maria Gagino, je n'éprouve pas la moindre hâte d'être expulsé, si ce n'est que je voudrais bien voir enfin toutes ces choses dont j'entends parler à longueur de journée. La vie serait-elle constellée de points d'orgue ? A mort les clavecins ! Justement, Tiziana appelle les musiciens. Le calvaire va recommencer. Combien d'années me faudra-t-il attendre pour avoir la force de saboter l'instrument maudit ? Deux ans ? Trois ans ? Torture anglaise. Que se passe-t-il, je sens un petit mouvement vers le bas, une micro-dilatation du col de ce raide utérus qui contient mes ardeurs depuis sept mois. Baleines de tous les océans, je fais un vœu, comptez sur moi : si je nais cette nuit, je serai votre défenseur ! Une petite ouverture. Un rai de lumière. Pour la première fois, sous la cloche des jupons et de la crinoline, j'entrevois des brins d'herbe, des pucerons, des escarpins en fine peau de serpent. Dieu que c'est beau ! Oxum, alors, cette pierre ?

Emiliana avait allumé une bougie et brûlé l'encens devant les tambours alignés sur le drap de soie jaune. J'étais assis sur le lit, je la regardais, je l'écoutais parler à chacun des esprits-tambours. Sur une feuille de bananier, elle leur offrit une cuillerée de riz au lait vanillé, un verre de *cachaça*, une banane coupée en rondelles. A genoux devant ses instruments, les yeux mi-clos, elle les remerciait de parler chaque fois qu'elle en jouait. Elle s'adressait à eux d'un ton familier, allègre, elle riait, puis la conversation redevenait sérieuse, clairsemée de longs silences ou ponctuée d'acquiescements, d'exclamations. J'étais émerveillé de cette proximité divine, de ce corps à corps, peau contre peau, celles du tambour, des doigts, des paumes.

Lorsqu'elle eut terminé, nous mangeâmes une partie de ce qu'elle avait préparé pour les dieux, unis à eux par ce repas cosmique. Je regardai plus attentivement Eve, Adam et le Serpent, peints à l'huile sur un panneau de contre-plaqué, au-dessus des tambours. Le Serpent était jaune, Eve et Adam africains, avec des yeux rouges d'albinos. Un rouge de braise incandescente qui, à la lueur de la bougie, faisait presque oublier l'obscurité des corps. Les regards demeuraient suspendus dans l'espace vibrant. Ils donnaient à la facture maladroite de l'œuvre une présence presque obsédante. Ils s'atténuaient avec le jour, comme si les corps se refroidissaient, attendant une heure plus propice pour se remettre à chatoyer, à parler. Parfois, c'étaient des bribes de dialogue que j'avais l'impression de surprendre. Il me semblait aussi assister à des déplacements : les corps grossièrement esquissés se levaient, sortaient du cadre, allaient aux cuisines chercher d'autres bananes frites. J'imaginai sans peine l'horreur des missionnaires devant de telles représentations. Autodafés où se mêlaient tambours sacrés, peintures, graffiti magiques, objets du culte. Je pensai au premier évêque portugais arrivé en ces lieux, dom Pedro Fernandes Sardinhas, massacré par les Indiens.

Emiliana n'avait plus besoin de me nourrir de sa main, j'étais devenu expert dans l'art de façonner des boulettes de riz et de les faire glisser, sans perdre un grain. Mais elle continuait tout de même, de temps à autre, à m'en fourrer une dans la bouche.

Nous nous déshabillâmes et nous allongeâmes ; la tête entre les seins d'Emiliana, je laissai le temps s'écouler. Parfois, mes caresses devenaient plus raides, limailleuses, comme issues d'un autre moi dont je ne parvenais pas à me défaire. J'avais pris goût à ma souffrance, je m'y étais attaché, je résistais encore au don qui m'était fait.

J'avais offert ma montre à un jeune garçon qui vivait sur le *terreiro*, me fiant désormais aux odeurs, aux sons qui rythmaient les jours. La nuit, je suivais le sillage du corps d'Emiliana. Sa poitrine sentait la vanille et le lait, sa chevelure tressée la fumée, ses aisselles l'ambre, son ventre les fleurs de frangipaniers, son con le chèvrefeuille, son cul la cannelle et l'opium, ses cuisses le santal, ses pieds la poussière des dieux. Chaque parcours de ma langue me transportait dans des paysages qui se renouvelaient sans cesse. Tout s'accomplissait dans l'harmonie de mouvements démultipliés, de respirations accordées, de souffles bus, jus contre jus, dans le délicat frottement des corps.

J'étais couché sur le ventre. Elle s'assit sur mes reins, je sentis la tiédeur de son pubis, la densité de sa mousse. Elle me massa la tête, la nuque, les épaules. J'eus l'impression de migrer dans un autre univers. Une sorte de transe douce, associée à des images fulgurantes. Je ne savais si je rêvais ou si ma pensée voguait à son gré. Je vis brièvement le clavecin restauré et un jaillissement de soies multicolores, d'éventails. Très vite, cette musique de couleurs prit des formes plus précises : des coqs, des oiseaux multicolores, des caméléons, des iguanes, des serpents mauves et noirs, luisants, s'envolaient du clavecin, libérés par les doigts noirs d'Emiliana qui couraient sur le clavier d'ébène. Un brusque changement de point de vue, dans l'espace de mon rêve, me fit comprendre que le clavecin était mon propre corps, exhalant sa jungle, criant ses joies, ses plaintes, ses accalmies et ses violences. J'entendais mes cris, mes démons prenaient forme, échappaient au gris, bondissaient à la recherche des couleurs du spectre.

Plus tard, mes canines poussèrent, et mes griffes. Tigre ou panthère noire ? Je vis les yeux rouges d'Emiliana, j'ouvris la porte, les parfums de la nuit irisaient ma peau. L'appel de la forêt se faisait irrésistible. Nu, je sortis du *terreiro* et m'enfonçai dans la jungle pour y enfouir mon mal.

Je criais, je sentais les herbes siffler contre mes flancs. Mon cœur battait. La lueur de la lune m'ouvrit le chemin. Je ne ressentais pas la moindre appréhension, plutôt une sorte d'alliance profonde entre le monde végétal et moi-même. J'allais y déféquer mes obscurités. Une bête volumineuse fuyait devant moi. J'entendis ses piétinements, ses sauts.

A bout de souffle, je m'arrêtai, me laissai tomber sur le sol humide où les couches végétales me reçurent mollement. Je sentis quelques piqûres vives mais ne bougeai pas, reprenant mon souffle. Je comprenais à présent pourquoi on parlait aux arbres, aux dieux, aux tambours. Moi-même, utilisant un langage indéchiffrable, je proférais des sons comme une offrande indéterminée.

Au loin, l'océan frémit. La montagne, masse violette aux reflets gris et mauves, cassée vers le bas par les contreforts aux jungles épaisses, dévale vers les eaux. Ma bouche, bleuie par les fruits sauvages, se gorge d'acides. Opium de chaque recoin d'ombre. Je me désagrège, des milliers de regards incandescents incisent ma peau et y sèment leur braise. Insurrection aux confins de ma soif. Plénitude. Mon corps irradie une lumière lactée. D'un seul élan, je me propulse à travers l'obscurité, ma course érafle au passage des zones de silence.

La forme d'Emiliana, découpée dans la lueur blafarde, abstraite, comme une ouverture dans le vide, m'apparut à quelque distance. Je me levai, passai à travers elle, ce fut comme un bain de lait tiède. Je rugis, déchiquetai l'espace. Mes pattes, agiles et denses, me portèrent jusqu'aux profondeurs de moi-même.

J'entendis les sons clairs d'une écuelle tintant contre le métal de la fontaine. Je fus surpris de me retrouver dans les bras d'Emiliana qui dormait. Son souffle paisible, ses mains ouvertes, paumes contre le ciel, ses jambes liées aux miennes me semblèrent trop réelles. Je touchai mes incisives. De cette nuit, il ne me restait que des images confuses. Ma peau était en feu. Sur tout mon corps, les traces rouges de multiples piqûres me faisaient l'effet de regards ouverts sur un autre monde.

On heurta délicatement à la porte, le jeune garçon auquel j'avais offert ma montre nous apportait deux tasses de *cafesinho* brûlant et une sorte de gâteau doré encore tiède. Il déposa le tout sur le tabouret qui tenait lieu de table et s'en fut après avoir jeté un regard sur le corps d'Emiliana. L'odeur de café l'éveilla.

Plus tard, elle rapporta une décoction nauséabonde dont elle lava mes piqûres. La légère brûlure se dissipa bientôt. J'accédais enfin à la légèreté.

Dans l'après-midi, nous nous rendîmes en ville. J'achetai des cigares, de la *cachaça*, une robe de coton blanc pour Emiliana et des fruits.

Comme la nuit tombait, nous allâmes voir le clavecin. Matteo et son père n'étaient pas là, mais, à la lueur de la rue, nous vîmes le coffre du clavecin monté sur ses nouveaux pieds. Le clavier était posé sur l'établi, d'autres fragments jonchaient le sol. Une pièce de bois clair, sur l'étau, commençait à prendre forme. Tous trois silencieux, elle, le clavecin et moi.

Plus tard, nous passâmes devant un bar où régnait le travesti unijambiste, entouré de sa cour de touristes. Les haut-parleurs diffusaient une samba. Nous entrâmes et dégustâmes de petites saucisses pimentées et quelques bières. J'avais envie de danser.

— Attends, me dit Emiliana. Demain, je jouerai et les dieux danseront dans ta tête. Jamais ils ne viendraient ici. Ils pourraient même être très mécontents. La danse est une prière.

Tiziana s'assied au clavecin. *Beau Danube bleu.* Je me concentre sur le *marimba*, les tambours, la guitare, tiens, ce soir, il y a un trombone aux douces glissades. Les invités doivent se coller l'un à l'autre, chercher leurs trajectoires parmi les vapeurs d'alcool de canne à sucre. Moi-même, j'en ressens les effets. Ma mère a dû boire. Cela apaise le feu de cette pâtée pimentée que je viens de sentir descendre par le cordon ombilical. Quand vais-je pouvoir me mettre quelque chose de croquant sous la gencive ? J'en ai marre de ces aliments pré-mâchés. Vraiment, la naissance tarde trop. Neuf mois dans un ventre. Qui voudrait être à ma place ? Tout à coup, des vapeurs sulfureuses : les artificiers allument des mèches, détonations, cris admiratifs, feux de Bengale, étincelles multicolores, j'imagine. Quelle émotion ! J'aime ces explosions sourdes, ces chuintements dans le ciel obscur. Je vibre. C'est presque plus beau encore que la musique noire, plus évanescent, plus fugitif. La fête bat son plein. Oxum, il serait temps de penser à moi. Je demande à être expulsé. Je suis un fruit mûr !

Mia allait et venait. Elle picorait. Attendait. Le vieux Baldassare, sur sa chaise roulante, en était toujours au coton et au café. Inlassablement répétitif. Mia prit une assiette, fit une boulette de *moqueca de peixe* et de riz, la malaxa et dit au vieux :

— Ouvre la bouche. C'est moi, ta nouvelle nourrice. Poisson, citron vert. C'est bon !

Une main s'égara sur ses fesses.

— Si ça peut te faire manger... Allez, ouvre le bec...

Baldassare avala la boulette. Mia lui en prépara une autre. Albano, qui passait par là, contempla son père, étonné.

— Je ne l'ai jamais vu manger aussi bien...

— Il lui reste peu de plaisirs dans la vie, Monsieur Albano, alors autant qu'il les prenne tous ensemble. Regardez comme il est content.

— Quelle belle enfant, pas vrai, papa ?

— *Culito d'oro !*

— Je lui fais boire un coup ?

— Il adore la *caipirinha.* Tu peux lui en donner un petit verre, mais n'en dis rien à ma femme.

— Vous verrez, d'ici quelques semaines, il aura repris du poids.

— Alors, cette pierre noire ? Crois-tu qu'Oxum aurait changé d'avis ?

— Il faut savoir attendre. Ne pas perdre espoir.

— Quelle belle fête... Veux-tu danser ?

— Je n'aime pas ces danses, je n'aime pas qu'on m'empêche de bouger. Regardez tous ces messieurs, comme ils étouffent les dames et les obligent à aller dans un sens, puis dans l'autre. Lorsque mon corps danse, les dieux descendent en lui. Et puis, ce n'est pas la bonne musique.

Albano s'éloigna, trouva une cavalière d'une resplendissante pâleur et disparut parmi la foule des danseurs. Mia abandonna le vieux, s'en fut en croquant un morceau de noix de coco, se cacha derrière un tronc et s'accroupit, laissant couler un filet d'or tout en continuant de contempler l'estrade, les musiciens, Tiziana. Oxum, vas-y, il est temps !

Patience, patience, patience dans l'azur ! Mésosphère, stratosphère, atmosphère... Nul ne la vit traverser l'espace, personne ne la vit descendre vers le jardin des Gagino, près de la place du Pelhourino, dans le vieux Bahia. Le clavecin vola en éclats dans l'accord stravinskien d'un ultime ferraillement. L'estrade se désintégra, Tiziana et les musiciens tombèrent dans le bassin, affolant les poissons rouges.

Quoi ! Encore de l'eau ! Cris de toutes parts. Du mouvement. Enfin, je suis en train de naître ! Avec la soudaineté de la pierre noire ! Quel tir, Oxum ! Pas de morts, pas de blessés. Déjà, il faut que j'apprenne à nager. Pour un peu, j'aurais pu être saucissonné par les cordes du clavecin. Petit bois qui flotte, fragments de scènes bucoliques, pardon, Z. B. Comment pouvait-on se mêler de fabriquer un clavecin en 1679 ! Tu vois, Z. B., il fallait quitter ton officine, tes rabots, tes gouges, tes vernis, tes bois précieux. Les dieux barbares ont bousillé ton œuvre. Ma mère n'en jouera plus pendant quelques semaines au moins, quelques mois peut-être. Merci, Oxum. Je flotte entre deux eaux. Quelle agitation ! Des mains secourables. Il n'y a ni membre sectionné, ni sang dans le bassin. Des lambeaux de placenta, c'est tout. Seul le cordon ombilical a été tranché net par un *mi* chirurgical. J'arrive à la surface, enfin. Le chirurgien m'attrape par un pied, me sort de l'eau. Il attendait des larmes : toujours la souffrance, toujours commencer dans la souffrance. Très peu pour moi. J'ai déjà épargné bien des tourments à ma mère en sortant comme un obus, alors, qu'on ne m'inflige pas de mauvais traitements ! C'est elle qu'il faut gifler, elle qui flotte, inanimée. Normal, après une émotion pareille. Moi, je ris. Je ris de tous mes poumons tout neufs et je pisse sur le nez rose du chirurgien. Quel tohu-bohu autour de moi... Mais je crois comprendre qu'un autre sujet de stupeur frappe les quelques visages qui m'entourent. Après tous ces fracas, le silence s'est fait. On ranime Tiziana. J'entends un autre rire qui fait écho au mien. Le chirurgien défaille-t-il, lui aussi ? Toujours est-il qu'il me lâche dans le bassin et que mon père, énergiquement, fait reculer la foule. Il crie :

— Partez tous ! Quittez immédiatement ma demeure ! La fête est terminée ! Terminée ! Il faut que je m'occupe de ma femme et de mon...

Les mots lui manquent. Les invités, craignant un autre cataclysme, s'éclipsent en saisissant par-ci par-là un petit four, une cuillère en os ou en argent, une timbale en or. Les domestiques se réfugient sous les arbres. Enfin, une main douce et noire m'attrape par un bras, me sort de l'eau : c'est Mia, c'est elle, je la reconnais sur-le-champ. Elle déchire le bustier de sa robe de soie jaune, dans l'eau, avec moi. Elle me prend contre son ventre agité de soubresauts. Décidément, nous sommes les seuls à rire. Pourquoi ? Je sais, toute naissance est tragique, puisqu'elle est le premier pas vers la mort, mais, pour les plus chanceux, et j'en suis, reste à faire le trajet entre les deux points, alors, continuons à rire, Mia ! Sa peau est douce et chaude. Le chirurgien revient à lui. Il ligature le cordon. Un peu de sang sur le ventre de Mia. Je me sens libéré, maître de mes mouvements. Enfin. Je ne suis plus relié à cette machine à fabriquer des harmonies douteuses. Mia et moi cessons de rire. Visages de mon père, de ma mère, du chirurgien, penchés sur moi. Mia me tient contre sa poitrine.

— Pourquoi le regardez-vous comme ça ?... Il est beau... C'est un être magique, béni des dieux, complet ! Comme Adam, dit Mia.

Albano arrache une nappe, nous en enveloppe comme s'il voulait nous momifier. J'entends ces mots, criés par ma mère en plein délire :

— Un monstre ! Une créature de Satan ! Un monstre !

Face déconfite du prêtre.

— Je ne veux pas qu'il entre dans la maison ! Pas dans la maison !

— Mon père, bénissez-le, implore Albano à l'agonie.

— Pas de bénédiction, siffle le prêtre entre ses dents gâtées.

— Que faut-il faire, alors ?

— Pensez à Moïse, dit le prêtre en quittant les lieux.

Enveloppés dans le même drap, Mia et moi, déjà unis contre la bêtise. Les seuls à conserver leur calme. Ma mère tombe sur le gazon, on apporte les serviettes, on tente de sécher l'hystérique.

— Balancez-la dans le bassin ! hurle mon père, menaçant.

Les domestiques s'exécutent. Les cris cessent. On la ressort, silencieuse. On la sèche à nouveau, on l'emmène.

— Il ne faut pas désespérer, Monsieur.

— Pourquoi ne nous as-tu rien dit ?

— Chaque atome de silence est la chance d'un fruit mûr...

— Un fruit mûr... Tu as vu le prêtre ?

— Ces gens-là ne comprennent rien au divin.

— Le père Feliciano a été à Rome, il a parlé au pape et...

— Moi, j'ai parlé à Oxum. Je vous l'avais dit. La pierre noire. Le prêtre n'en savait rien.

— C'est vrai. Mais qui voudra de cet enfant ? Qui voudra de cet enfant ?

— Moi, les dieux et vous, probablement,

plus tard, lorsque ses merveilleuses facultés se seront développées.

— Les chirurgiens pourront peut-être arranger cette erreur de la nature. J'irai à Londres, à Berlin, à Paris, partout où règne la science.

— Il ne faut pas toucher à l'ouvrage des dieux. Les scalpels fondraient, les cervelles de ces misérables bricoleurs seraient réduites en poussière.

— Tu parles avec tant d'assurance... Un tel langage... On te dirait habitée... Je ne comprends pas...

— Je vais m'occuper d'Oswaldo Maria.

— Pas dans la maison.

Mon père regarde les restes du clavecin flottant dans le bassin.

— Ça, au moins, c'est une bénédiction. Au fait, cette météorite, où est-elle ?

Je glisse mon visage hors du drap. Je les vois, mon père et elle, penchés sur le bassin, contemplant la pierre noire, grosse comme la tête d'un homme.

— Oxum ne trompe jamais ceux qui la vénèrent.

Albano plonge les bras dans l'eau, en sort la météorite.

— Quel poids, quelle brillance...

— Il faut la conserver près du petit.

— Réellement tombée du ciel... Béni sois-tu, morceau d'étoile qui a épargné la vie des gens de ma maison... Le secret... le plus grand secret... Un don à l'Église pour s'assurer de son silence... Le chirurgien est un ami... Personne n'a rien vu, la confusion était telle... Tu entends, Mia... Le secret le plus absolu. Que nul ne sache ! Buvons un coup pour nous remettre de ce malheur. Et ma femme, déjà à demi folle ! Elle risque de perdre totalement la raison. Et toi, calme comme une reine. Buvons un coup. Il faudra faire venir l'exorciste. Buvons !

Albano servit deux grands verres de *cachaça*. Au milieu des flambeaux, des tables désertées, des visages des domestiques dissimulés par les bananiers, dans un profond silence, sous la voûte céleste, Mia et Albano, Mia, Albano et Oswaldo Maria, tous trois unis par les liens mystérieux des dieux, par la pierre noire aux éclats charbonneux, par le désir d'Oxum, par l'inconnu, l'inexplicable.

— Je te donnerai tout ce dont tu as besoin. Tu crois qu'il parlera ?

Mia rit.

— Regardez son visage, cet œil vif de croqueur de serpents. Il étonnera le monde.

— C'est déjà fait, malheureusement. Nous avons dû beaucoup pécher pour qu'une telle malédiction s'abatte sur nous.

— La malédiction frappe au hasard, mais, ce soir, 12 mai 1895, c'est Oxum qui nous a envoyé ce messager.

J'entendis un grillon. Le *terreiro* baignait dans une paix profonde. A la lueur de la lampe à huile, je voyais le corps d'Emiliana couvert de rosée amoureuse. J'étais couché sur le dos. Accroupie au-dessus de moi, le poids de son corps soutenu par les muscles des jambes, les pieds bien à plat sur le lit, elle se mouvait délicatement. Partant de mon front sur lequel son sexe ouvert et chaud reposait, elle traçait sur ma peau un sillage de plaisir argenté dont les entrelacs me firent songer à une calligraphie arabe.

Au lever du jour, elle s'allongea à mes côtés. J'ouvris les yeux. Les traces que son plaisir avait laissées sur moi se réactivaient à la lumière naissante et ressemblaient à présent au liséré que laissent les escargots sur la pierre.

Au mur, le tableau toujours présent : les yeux rouges, Ève, Adam, le Serpent, la banane à demi épluchée semblable à un lys phallique. Nous étions Ève et Adam sous le regard du Serpent, inventant le monde par nos jeux. J'étais mû par une sorte de transe créative, mon esprit se mit à sécréter des centaines d'associations. Tout venait à moi dans un flux qui s'accordait pleinement à la disponibilité de mon corps. Les idées me pénétraient, non plus par le seul organe de la réflexion, impotent et encombré, mais par l'ensemble de mes cellules. Je pensais avec la plante de mes pieds, avec mes muscles, mes viscères, mon sexe, mon diaphragme, ma poitrine, mon cœur, mon visage, ma chevelure. Mon cerveau palpitait, comme délivré par cette activité périphérique.

J'avais le sentiment que le mythe d'Ève, d'Adam et du Serpent, dans sa lecture naïve, réaliste et dogmatique, était source de notre irrémédiable fragmentation, de notre misère sexuelle, de notre philosophie du refus.

Emiliana me rendait l'unité non pas en substituant un concept à un autre, mais en me ressoudant le corps, l'âme et la pensée, dans la féminité profonde qui englobe au lieu de diviser.

Emiliana redonnait naissance à la femme en moi. J'étais submergé par la plénitude de cette offrande. Je me sentis soudain lié corps et âme à tous ceux qui n'étaient pas tombés dans le piège qui consiste à projeter la divinité hors de soi-même.

Merci, yeux rouges aux regards pénétrants ! Adam et Ève n'étaient plus les premiers Terriens, mais des principes venus à l'existence d'une manière concomitante. Ouverts à leur destinée par l'instructeur, le Serpent, qui leur avait prodigué la liberté et la connaissance. Ève devenait la parfaite intelligence primale qui éveille Adam à la spiritualité. Plus de faute originelle, plus d'éternel châtiment, car dans ces yeux rouges je lisais l'incandescent savoir allié à l'innocence.

Ma souffrance, mon mal profond, la misère de ma chair venaient de cette fracture culturelle qu'Emiliana réduisait avec subtilité et lenteur. Ce qui nous liait était d'une force primordiale, source d'une joie qui échappait à tout paramètre sentimental, moral ou social. Je compris soudain la pureté de ce lien que rien ne pouvait venir troubler. Elle et moi, en cet instant, étions toute chose, nous étions divins. Me revint en mémoire une phrase que j'avais lue sous la plume de quelque universitaire : « Le Salut vient en ce monde comme un pénis pénètre une femme. »

Telles étaient mes pensées, claires et confuses, filtrées par l'essaim de mes sensations, lorsque Emiliana se lova contre moi. Un poème de Borges se fraya un chemin dans mon esprit, que je déposai sur ses lèvres :

Mais puisque les mers
ourdissent d'obscurs échanges
Et que la planète est poreuse,
Il est permis
d'affirmer que tout homme
s'est baigné dans le Gange.

A travers le silence du jardin frappé par la malédiction, Mia me porte jusque dans la maison de bois imprégnée de l'odeur musquée des fleurs blanches, des daturas, trompettes célestes inclinées vers le bas — vers l'enfer ? — pour saluer ma naissance. Musique d'odeurs. Est-ce le datura, est-ce le ventre de Mia ? Je sais déjà que ce parfum collera toujours à mon ombre. Mia enlève le drap humide, quitte sa robe déchirée, se couche dans le hamac, sous la véranda, me prend contre elle et couvre nos deux corps d'un châle rouge. J'ai déjà une mémoire assez vaste pour peupler mes rêves. J'en avais une avant de naître. Ne me demandez pas de quoi je rêvais. Le choc de la naissance est si violent qu'on comprend d'emblée qu'il faut changer d'images pour survivre, mais pourquoi changer de musique ? En ce moment, couché contre le ventre de Mia, je reconnais la rhapsodie du ventre, les cascades, les grondements, les chuintements, les tremblements aquatiques. Je reste un instant fasciné par le rythme lent et profond de la respiration, j'essaie de l'imiter, de m'y fondre. Mia me caresse. Ses mains douces palpent mon corps, le déchiffrent. Je comprends dès ma douzième minute que je suis fait pour le plaisir, que je suis un monstre. Amours, délices et orgues. Chaque fragment de ma chair palpite, répond à Mia, dit que je suis bel et bien un monstre. Elle rit, me retourne, prend mes pieds dans sa bouche, l'un après l'autre. Plus chaud que des bottes de cosmonaute. Il y a de quoi se réchauffer dans ce corps. Mia me lèche, colle mon esprit à toutes les météorites qui refusent de venir annoncer un événement exceptionnel et se contentent de jouir de leur promenade intergalactique. Elle me fait entrer dans le monde par la porte humide, les volutes de sa langue font jaillir en moi les premières envolées lyriques. Je ris. Je me retrouve la tête entre ses seins, les mains sur les globes sombres, gonflés. Il y a là quelque chose à sucer. Je suce. Ça monte, ça coule dans ma bouche. Mia pousse de petits gémissements de plaisir. Sa main tiède sur ma nuque. Nourriture magique. L'éternité dans un hamac. Personne ne me fera sortir de là. Personne ne retirera ce noir téton d'entre mes lèvres, jamais ! Commencé dans un hamac, je finirai dans un hamac. C'est décidé. Ma première résolution, en somme. Et je téterai jusqu'à mon dernier souffle. D'entrée de jeu, je m'insurge contre le système de l'alternance douleur/plaisir. Voilà ce qu'on appelle une décision précoce. Je suis un sacré suceur, je vous dis. Et Mia me donne raison :

— Suce ! Suce !

J'ai sucé et j'ai découvert que le sommeil, toujours contre la chaleur de ce corps, était une autre activité à classer parmi les plaisirs supérieurs. Cette nuit-là, ma première nuit, j'ai rêvé des seins de Mia en sachant qu'au réveil ils seraient toujours là. C'est une consolation, non ? Deuxième résolution : faire que les rêves soient réels.

A l'aube, les premiers domestiques sortis dans le jardin découvrirent Albano gisant les bras en croix, son grand nez fiché dans la terre molle. Il ne restait plus de *cachaça*. Ivre mort, mais vivant. Les femmes allèrent chercher de l'eau et lui rafraîchirent le visage. Il ouvrit un œil, le gauche, et retomba dans le royaume des petites bêtes noires qui courent partout. *Delirium tremens*. Tout humide de rosée. Un homme robuste le chargea sur son épaule, le monta dans sa chambre et le balança sur le lit. Les femmes le dévêtirent et le fourrèrent entre les draps. Elles lui feraient boire un litre de café et un jus de citron vert dès qu'il rouvrirait l'œil.

Des cuisines jusqu'au toit où deux jeunes garçons tiraient sur un cigare dérobé dans un coffret, on parlait de la pierre noire tombée du ciel, des musiciens précipités dans le bassin, de la naissance éclair d'Oswaldo Maria, de la débandade des invités, de la pâleur du prêtre, de l'agitation du chirurgien, de la fuite de Tiziana. Un monstre ? Vraiment ? Chacun voulait lui compter les doigts des pieds et des mains, le voir nu comme l'Enfant Jésus dans la crèche. Pourquoi avoir refusé qu'il entre dans la maison ? Il était pourtant bien blanc. Trop tôt encore pour vérifier la taille du nez.

C'est le matin, Tiziana s'éveille en sanglots. On se tait dans la maison. Et cette question résonne dans les grandes pièces, se répercute le long des marbres : « Pourquoi ? »

Tiziana se lève. Prie-Dieu. Crucifix.

— Faites qu'il meure ! Faites qu'il meure ! Faites qu'il meure ! Faites qu'il meure ! Faites qu'il meure ! Que la honte ne souille pas notre famille ! Je ferai construire une chapelle. Construire une chapelle. Oui. Mais qu'il meure !

Les pleurs sèchent. Tiziana se recouche. On lui apporte du café sur un plateau d'argent, une banane. Elle mange. Pense. Se souvient des mots du prêtre : Moïse. L'image du São Francisco aux flots impétueux. Si c'est un conseil de l'Église, il ne peut y avoir péché. Donc, ce sera le fleuve qui effacera la mémoire de ce jour néfaste entre tous. Moïse.

Mia, les yeux ouverts, ne bouge pas. Oswaldo Maria dort, toujours sur son ventre.

Une main sur sa nuque, l'autre sur ses fesses. Elle va attendre qu'il se réveille, le laissera téter, puis elle le transportera dans sa cabane, fermera portes et fenêtres, regardera, regardera bien.

Mia chantonnait. Elle prenait un cri de l'Afrique et, en l'étirant, modulait une mélodie délicate.

Ça y est. Je suis déjà au paradis. Ma mère a été entendue par son Dieu. Mort. Transfert direct. Où vais-je trouver du lait qui puisse me faire oublier celui de Mia ? La musique contre moi, comme faisant partie de ma propre chair. Autant ouvrir les yeux, même si ce n'est que le paradis des prêtres. Ouf ! Je n'ai pas quitté l'espace délimité par le hamac, les seins noirs, les trois plis du cou, la bouche aux lèvres immenses, le regard sombre, comme cette musique. C'est de la musique ? Musique. Mes lèvres à moi, plus avides. Allez, je change de sein. Un peu d'imagination ! Elle continue de chanter, elle accompagne le jaillissement du lait contre mon palais émerveillé. Miel de tous les miels, saveur de l'intérieur du monde. L'espace est tissé de sons légers. Les oiseaux, les insectes, les fleurs, le feuillage qui frémit à peine.

Rassasié. Merci. Toute maison devrait avoir la forme d'un sein. L'homme n'est pas reconnaissant. Pas du tout. Moi, j'en construirai une. Noire à l'extérieur, laiteuse à l'intérieur. Avec un hamac. Et Mia et toutes les traces de paradis que sa bouche laissera dans l'espace de ma mémoire. Bien léché je suis, bien léché je resterai.

Le téton glisse, laisse échapper une petite goutte blanche. Oxum est grande. Mia descend du hamac. Naturellement, je descends avec elle. Elle entre, il fait comme dans un ventre, sombre, elle étale le châle rouge sur le plancher usé par les pieds nus et m'y dépose. Elle ne me lâche jamais : toujours un son, un parfum, une main, un regard pour me lier à elle. Elle s'assied, croise les jambes, se penche sur moi.

— C'est merveilleux, tu es plein de magie.

Elle regarde de plus près. Touche.

— Tu as les deux. La bite et le con.

Elle me les embrasse.

— Tu es un homme et une femme. C'est si joli. Oxum me l'avait dit. La pierre noire annoncera la naissance d'un hermaphrodite. N'aie jamais peur de la peur des autres, tu entends, jamais ! Je m'occuperai toujours de toi. Je vais te faire sentir, te faire entendre, te faire voir, te faire respirer, te faire toucher le monde. Les mots viendront tout seuls, très vite, et après, pour tout ce que j'ignore, on verra. S'ils ne veulent pas de toi dans la grande maison, c'est parce qu'Oxum l'a décidé. Ton âme sera noire et blanche, ton corps et ton esprit homme et femme. C'est si joli. Tu es comme les fleurs, comme les oursins, comme les escargots. Mon Oswaldo. Ma Maria. Je savais, mais je n'avais pas imaginé que ce serait comme cela, si bien dessiné, l'un au-dessus de l'autre, en parfaite harmonie. Tu comprends ce que je dis ?

Bien sûr. Je réponds par un gargouillis de l'âme que mes cordes vocales sont encore incapables de ciseler. Mais je réponds, et Mia réalise que nous venons de nouer un dialogue. Notre premier dialogue : *Gmurf-akeu-doo-nimja*. Elle répète, je hoche la tête. Elle apprend mon langage plus vite que je n'apprends le sien. Et dire qu'on se demandait si j'allais parler un jour ! De ma main potelée, je complète le message en touchant le visage de Mia. Je lui tire l'oreille gauche, je joue avec le cartilage de son nez, je lui enfile la main dans la bouche, je caresse ses dents, son palais.

Une vive agitation régnait sur le *terreiro* où l'on se préparait à fêter l'entrée en réclusion de cinq novices qui avaient été acceptés par la Mère des dieux. Les cérémonies les lieraient définitivement à leur dieu protecteur par la danse et la transe. On lavait à grande eau, on disposait des fleurs, des nappes de soie colorées, on remplissait les lampes à huile, les poules dans leurs paniers d'osier attendaient l'heure du sacrifice, les bouteilles de *cachaça*, les cigares, les offrandes étaient baignés par les délicieuses odeurs en provenance des cuisines où l'on préparait le commun festin des mortels et des dieux.

Dès l'aube, Emiliana avait présenté les offrandes à ses tambours, elle avait baisé le sol de terre battue et s'était inclinée devant eux. La réussite de la cérémonie dépendait pour une grande part de son état de grâce. Ce jour-là, je la trouvai grave et concentrée.

Depuis une semaine, les novices passaient leurs journées sur le *terreiro*. Sous la direction de Gil Maria, ils allaient se baigner à la rivière toute proche, pour se purifier, car ils craignaient les attaques magiques au cours de cette période de transition. La Mère des dieux menait son monde avec une autorité sans faille, comme si la moindre erreur dans la préparation du rituel pouvait avoir les conséquences les plus funestes. Entre les bains, les novices étaient frottés de décoctions et leur nourriture soigneusement préparée. Celle-ci ne comportait ni sel, ni piment, ni viandes, ni café. Gil Maria m'avait elle-même invité à la cérémonie. Elle m'avait recommandé de rester près d'elle au cas où un esprit viendrait inopinément me rendre visite, « car, dans ces moments-là, les choses les plus étranges peuvent se passer ».

A la tombée de la nuit, les invités arrivèrent en grand nombre. Il y avait les familles des novices et d'importants représentants de *terreiros* voisins. Emiliana me conduisit à la rivière et, de retour au *terreiro*, nous avions revêtu des habits propres, fait une offrande à l'arbre sacré, à côté de la maison des dieux, puis nous entrâmes, après nous être déchaussés, dans la chambre où régnait la Mère des dieux.

Elle touche la tête d'Emiliana, puis la mienne. Emiliana prend place derrière ses tambours et je m'assieds sur le sol, aux pieds de Gil Maria installée dans un fauteuil recouvert de soie rouge. Comme les novices, comme Emiliana, elle porte des vêtements blancs.

Gil Maria se lève, circule parmi l'assemblée, touche certains, parle à d'autres et passe devant les novices, trois femmes, une jeune fille et deux adolescents qui tiennent une bougie allumée. Gil Maria remercie ses frères de leur présence, puis invite les novices à venir l'embrasser, après quoi elle salue chaque dieu, cependant que l'assistance frappe dans ses mains selon le rythme particulier du *terreiro*.

Emiliana est assise derrière ses tambours, yeux fermés, concentrée. Sur un geste de Gil Maria, le silence se fait, puis elle se met à jouer. Tout le monde est debout, la Mère appelle les dieux, les convie à la cérémonie, et, à chaque appel, le rythme du tambour change. On chante, on applaudit, hommes et femmes commencent à se balancer, à onduler. Comme s'ils étaient appelés un à un, les danseurs viennent dans l'espace central, nu-pieds, foulant la terre, rapidement possédés par le rythme. Gil Maria fume un cigare et circule parmi les danseurs, attentive à leurs corps, à leurs mouvements. Certains crient, appellent leur dieu, implorent. Leur danse devient plus frénétique. Une femme se met à trembler, elle est prise de convulsions, tombe à terre, pousse quelques cris, la Mère des dieux s'approche d'elle, lui souffle sur le front, la femme se relève et se remet à danser furieusement. Sur un signe de Gil Maria, les novices, un à un, entrent dans le cercle magique, leurs mouvements sont plus doux, presque timides. La Mère des dieux ouvre une bouteille de *cachaça* et boit quelques rasades. Elle surveille les novices, leur parle, les effleure de ses doigts comme pour les préparer à la descente de leur dieu. Emiliana semble dans un autre monde, ouvert par les sons de ses tambours. Gil Maria donne une sorte de coup de poing à l'un des novices qui s'incline devant elle. Les autres frappent dans leurs mains. Elle s'approche de moi, m'offre à boire, puis un cigare, je l'embrasse comme je l'ai vu faire, je croise un instant son regard pénétrant, sombre, illuminé d'une force qui semble tenir le ciel et la terre en équilibre. Je reste debout et commence moi aussi à onduler, à sentir le sol de terre battue imprimer à la plante de mes pieds le rythme des tambours.

Il y a dans les mouvements des novices une sorte de retenue, comme s'ils ne faisaient que répéter des mouvements appris sous l'œil vigilant de Gil Maria. Le rythme s'accélère, les novices se couchent sur le sol au milieu de l'assistance, un habitué du *terreiro* s'approche de la Mère des dieux et lui tend une calebasse remplie d'eau avec laquelle elle lave le visage et les pieds des novices avant de tracer des signes sur leur front et leur poitrine. Elle leur donne de petites claques sur les jambes. Ils se relèvent et viennent s'incliner devant elle, baisant le sol à ses pieds. Ils passent un à un devant la mère qui les embrasse sur la bouche. L'émotion est intense. Les amis, la famille, toute l'assistance vient embrasser les novices comme s'ils partaient pour un long voyage. Certains crient, d'autres pleurent la mort symbolique de ceux qui, après une semaine de réclusion, seront autres. Les saluts accomplis, la Mère indique qu'il est temps que les novices se retirent dans leur pièce, sous la protection d'un homme et d'une femme choisis par elle.

Le rythme change encore une fois, l'assistance fête le départ des novices, les corps tremblent. Cris, prières, bribes incompréhensibles. Peu à peu, tout le monde danse. Seule la Mère des dieux veille sur les corps et sur les âmes. Je reconnais tout à coup un rythme qu'Emiliana avait utilisé lorsqu'elle avait ouvert ma peau au son du tambour, et ce battement vif et doux à la fois me pénètre comme si mon corps reconnaissait soudain *sa* musique, celle qui l'a rendu au monde dans sa splendeur et sa multiplicité. Couvert de sueur, je danse comme je n'ai jamais dansé. Une jouissance s'empare de moi, je vogue dans une autre dimension dont je découvre qu'elle n'a pas de limites. Je vois le regard de la Mère des dieux, je sens sa main passer sur mon épaule gauche, sur ma poitrine. « Ouvre », me chuchote-t-elle à l'oreille. Immédiatement, je suis rempli et perds conscience de ce qui se passe hors de moi, puis de ce qui se passe en moi.

Le lendemain, je m'éveillai dans les bras d'Emiliana. Je me sentais agrandi, le corps frais, l'esprit lumineux. Nous nous caressâmes. J'avais la sensation d'avoir été accordé. Mon corps était bien tempéré. L'impossible conciliation des tierces et des quintes s'était peut-être faite en moi.

Albano fut réveillé par son valet qui le prévint que le chirurgien et le prêtre l'attendaient dans le salon bleu. Il plongea la tête dans une vasque d'eau fraîche, puis s'habilla rapidement, chaussa ses bottes, avala un *cafesinho* brûlant et descendit. Il découvrit les mines contrites des deux témoins de l'extraordinaire événement.

— Don Albano, dit le chirurgien, il faut que j'examine l'enfant. C'est assurément une curiosité scientifique. J'aimerais rédiger un rapport pour mes collègues et pour les différentes académies, en vous garantissant évidemment l'anonymat le plus complet. En outre, il est important, pour diverses raisons que vous comprendrez sans peine, de déterminer le sexe dominant de l'enfant, car les vrais hermaphrodites sont extrêmement rares. En général, les organes des deux sexes sont atrophiés et inopérants. Parfois, ils sont incomplets. Parfois encore, l'un des deux sexes prédomine si fortement qu'on peut sans crainte élever l'enfant dans l'idée qu'il est un homme ou une femme à part entière.

Le regard du chirurgien brillait. Albano sentit qu'il espérait, grâce à son fils, franchir les degrés de la célébrité en publiant des articles dans les revues scientifiques. Le prêtre avait quelque chose à dire, lui aussi :

— Mon cher Albano, nous ne sommes pas informés de l'état de la malheureuse mère...

— Ma femme s'est réfugiée dans la prière. Elle a demandé qu'on ne la dérange pas.

— Espérons que Dieu lui inspirera une conduite adéquate.

— Qu'entendez-vous par là ?

— Peu importe mon avis personnel. J'ai consulté l'évêque et je suis là en son nom pour vous communiquer la position de l'Église...

— Quelle est-elle ?

— Dans le cas de semblables malheurs, la loi ecclésiastique est très claire. C'est ce qui m'a amené à venir vous faire cette visite avec le chirurgien. Le texte est le suivant : « L'hermaphrodite doit savoir le sexe qui prédomine en sa personne et s'y tenir. Faute de quoi il y a péché mortel, excommunication et le plus grand déshonneur. »

— Au diable, le péché ! Allons donc examiner l'enfant !

— Nous vous remercions de votre compréhension, dit le chirurgien. A l'issue de cet examen, le sexe de l'enfant sera déterminé d'une manière absolue et il faudra, dans son éducation, ne jamais laisser planer le moindre doute à ce sujet, sous peine des troubles les plus graves...

Ils se levèrent, sortirent, traversèrent le jardin comme trois conspirateurs.

— Magnifique jardin, merveilleuse fête... Si vous le voulez bien, j'enverrai un graveur habitué à ce genre de travaux pour qu'il fasse quelques planches des organes — à titre purement documentaire, bien sûr.

— Je ne tiens pas à ce qu'on publie des gravures ! L'événement est en lui-même assez fâcheux pour qu'on ne s'en fasse pas l'écho. Déterminez le sexe et ne parlons plus de tout cela.

Ils entrent. Je les vois. La Science et l'Église. Mia sent les battements de mon cœur s'accélérer. Elle me caresse le crâne, me garde contre elle, prête à me défendre contre l'Inquisition, s'il le faut. Mon père explique :

— Ces messieurs sont ici pour une simple formalité, Mia. Veuillez découvrir l'enfant et le leur présenter.

Présenter... Le mot est charmant... Je vois déjà le cirque... Le clou du spectacle, moi, l'hermaphrodite ! Comme Adam, comme Dieu sans doute, dont l'un des Pères de l'Église, Clément d'Alexandrie, évoque les seins gorgés de lait ! Donc, qui tète Dieu tète bien un morceau de femme... Merveilleux ! J'ai tout compris, ils sont là pour savoir si je penche à droite ou à gauche. Mia a déjà regardé. Il y a de tout, Messieurs, en un mélange égal et harmonieux. Vous allez être surpris, la Science va se coincer quelque part entre la gorge et le cerveau, la Théologie va défaillir. Allez, courage, Mia, on leur montre tout !

Elle m'a entendu, retire le châle et moi, pas faiseur d'embarras, j'ouvre les jambes, exhibe ce que Mère Nature m'a donné.

La nuit dernière, la confusion, la rapidité, l'émotion, la surprise les avaient empêchés d'examiner la chose en détail. Ils s'en approchent. Mon père observe une certaine retenue. Le praticien saisit mon outil, le soulève du bout de ses doigts blêmes.

— Surprenant ! dit le chirurgien.

— Que se passe-t-il ? demande mon père inquiet.

— Ma foi, c'est un cas réel. Vous voyez, ici, le pénis, qui semble d'une taille normale et ne présente aucun signe d'atrophie ou de malformation. Ici et là, les deux testicules qui paraissent en état, et là, juste en dessous, ce qu'il faut bien se résoudre à reconnaître comme une ouverture très féminine qui, à première vue, ne présente pas de caractère anormal.

— Voulez-vous dire, dit le prêtre avec une pointe d'angoisse dans la voix, que la science est inapte à déterminer la prédominance sexuelle de cet enfant ?

— Je le crains. Il pourrait s'agir de l'un

des rares cas de ce que nous appelons l'hermaphrodisme vrai.

— Satan et ses œuvres !

— Cas extrêmement intéressant pour la science. Un examen plus approfondi me semble souhaitable, mais il faut attendre que la nature développe un peu les organes qui nous occupent.

— Vis-à-vis de la loi ecclésiastique, nous sommes devant un cas où la détermination semble impossible. Qu'allons-nous faire ?

— Peut-être faudrait-il en référer à l'évêque ? risqua mon père.

Le prêtre haussa les épaules et quitta la pièce. Tête baissée, il traversa le jardin et demanda qu'on l'annonçât auprès de Tiziana. Elle n'avait pas quitté son prie-Dieu. Elle hocha la tête, on fit entrer le prêtre.

— L'avez-vous vu, mon père ?

— Ma chère Tiziana, un cas des plus diaboliques... La science elle-même est confuse. Je ne vois qu'une solution.

— Les eaux..., dit ma mère d'une voix blanche.

— Les eaux ! Vous n'avez pas à craindre pour votre âme. Si Dieu voulait sauver la créature, Il se manifesterait. Dans le cas contraire, tout prouverait que l'œuvre du démon était destinée à disparaître.

Tiziana pleura quelques larmes, puis demanda au prêtre de la bénir.

— Prions.

Mia/Oswaldo indissociables, toujours liés par la chair. Mia puisait de l'eau. Oswaldo regardait ce qui s'offrait à sa vue, noué dans un châle, sur le dos de Mia. Ruelles de terre où les pieds nus foulaient la poussière sans le moindre bruit. Fleurs. Cris et rires des enfants qui poussaient des cerceaux rouillés à l'aide d'une tige de fer.

— La Maîtresse te demande.

Mia finit de remplir la bassine de plastique bleu, qu'elle laissa au soleil. C'est là-dedans qu'elle me donnerait mon premier bain depuis celui de ma naissance. J'étais impatient de barboter dans l'eau tiède.

— Il faut que je te frotte, que je te masse, que je te caresse jusqu'à ce que tu sois bien entré dans ton corps. Bon, allons te présenter à ta mère. Elle est peut-être revenue à de meilleurs sentiments.

Je suis prêt à croire ce qu'on me dit. Ma

mère sourit. Rien de l'affreux rictus découvert lors de ma délivrance. Pourtant, quelque chose sonne faux dans tout cela. Elle porte une robe de dentelle et de tulle mauve. Ses traits sont fins, presque abstraits. Elle ressemble à l'un des nombreux portraits qui ornent la maison. Une lignée de beautés. Beaux dans le passé, beaux dans le futur, telle pourrait être notre devise. Je serai beau. Étrangement beau, diront certains, mais beau tout de même. Destin exceptionnel, a-t-on dit. Je ne demande qu'à voir. Je ne doute pas que ce soit vrai.

Mia entrouvre le châle, me tend à ma mère qui me tient à bout de bras. Je mentirais en disant qu'il y a beaucoup de chaleur dans ses mains, dans son corps, dans son regard. De l'intelligence, oui. Peut-être une certaine forme de sensibilité distillée par le temps, l'éducation, la détention du pouvoir. Elle ne me serre pas contre elle. Une barrière, tout de suite. Mon corps n'est pas ton corps, semble dire la loi blanche. Sur un plateau d'argent, deux verres de cristal et une carafe de jus d'orange. Ma mère sert Mia, lui tend un verre. Elles boivent. Tiziana invite Mia à s'asseoir à ses côtés, sur le lit. Elle me prend sur ses genoux. Écarte le châle. Décide de regarder de près. Ce que je lis dans son regard ne me réjouit guère. Heureusement, Mia m'attrape un pied, je me sens à nouveau lié à une source de vie, de chaleur, et je souris.

— As-tu vu le prêtre et le chirurgien ?

— Oui. Ils sont venus examiner Oswaldo.

Enfin, on m'appelle par mon nom et non plus par un vague « l'Enfant ». *My name is Oswaldo.* Oswaldo Maria. La conversation, distante, continue. Peu à peu, je me rends compte que le comportement de Mia est étrange.

— Le prêtre de la loi ecclésiastique des deux sexes à part égale pensait que tout... impossible choix... chirurgien... les attributs... alors, bien formés...

Elle rit. S'affale. Tiziana la regarde. Mia délire encore quelques minutes.

— Oswaldo, mon petit Oswaldo chéri... Oswaldo... Os...

Elle s'endort. Ma mère se penche sur elle, puis se redresse, satisfaite. Elle examine à nouveau les signes de mon étrangeté. Virgule, deux points, point d'exclamation. Cette fois, avec une franche mimique de dégoût. On me remballe vite fait. Tiziana me prend, dévale l'escalier. La voiture est attelée. Ma mère y entre précipitamment, ferme les rideaux ; fouette cocher ! Direction Juazeiro. Juazeiro, petite ville au bord du fleuve São Francisco.

Secoué pendant des heures, seul sur la banquette, face à ma mère impassible qui répète toujours la même chose :

— Je vous salue Marie, pleine de grâce, etc.

Pas d'autre prière à sa lyre religieuse. Comme pour la musique, toujours les mêmes morceaux. Enfin, patience. Il faudra bien que cela cesse. J'aimerais entrevoir le paysage, savoir quels sont les arbres qui bordent les rues de Juazeiro, si des nuages traversent le ciel, si des cocotiers se profilent ici et là sur l'horizon, mais rien. Nous baignons dans la pénombre et si une mite n'avait pas fait un trou dans le rideau sombre, il n'y aurait même pas ce minuscule rayon de soleil sur mon bras gauche, comme un regard projeté par les dieux. Je vous salue Marie pleine de grâce. Une odeur prenante. J'explore les parois de la voiture capitonnée d'un tissu couleur tabac, légèrement plus clair que les sièges de cuir. Ma mère se baisse, elle prend une bouteille d'eau dans un panier oblong à couvercle enduit de poix. Il y a quelques fruits, un gobelet d'argent. Tiziana boit. Soif et faim, moi aussi. Il faudrait que je me manifeste, sans quoi je vais être obligé d'assister, impuissant, à la maigre collation de ma mère. Pour la première fois de ma courte vie, je me résous à pleurer. Fatigant pour les cordes vocales, les muscles de la bouche, mais excellent pour ceux du ventre, pour le mouvement du thorax. Ce genre de cris doit être banal chez les êtres normalement constitués, car il n'éveille pas le moindre signe d'intérêt chez ma mère.

Je continue. Elle range tout dans son petit panier. Surprise, elle défait sa robe, les trois seins blancs émergent dans la pénombre. Fascinant. Je me tais. Elle me prend contre elle, j'ouvre la bouche, j'essaie le téton gauche. Je suce. Je suce. Il ne vient pas grand-chose. De mes petites mains, je presse le sein d'une consistance plus molle que celui de Mia. Ma mère se penche sur moi et, d'autorité, met fin à mes efforts et me colle le téton droit dans la bouche. Là non plus, pas de flot continu de ce jus de femme si parfumé que j'ai connu. Une intuition me traverse. C'est certainement dans celui du milieu que se trouve le nectar. J'y vais, elle me laisse faire, et, dès les premières aspirations violentes, je suis récompensé. Le mamelon durci s'irrigue pour mon bonheur, le lait coule, je prends mon rythme de croisière. Un peu plus acide que celui de Mia, moins épais, plus civilisé, en somme, mais délectable tout de même, après ces heures de voyage dans la chaleur et les cahots. Rassasié. Rot. Ronflette sur la banquette avant d'être déposé dans le panier. Moïse !

Tiziana releva le rideau. La voiture suivait un minuscule chemin le long du São Francisco dont le flot puissant couleur de terre s'en allait vers la mer. Elle traversa un village. Les enfants l'accompagnèrent sur quelques kilomètres, accrochés à l'arrière. Le cocher fit claquer son fouet et c'est à regret qu'ils laissèrent le « carrosse » disparaître dans la jungle de plus en plus dense. Tiziana avait mangé les fruits et bu l'eau. Il ne restait plus qu'à déposer *son* fruit dans le panier de fibres goudronnées. Le fruit de vos entrailles est béni. Ainsi soit-il. Oswaldo dormait d'un sommeil profond. Tiziana le prit le plus délicatement qu'elle put, bien emmitouflé dans le châle de Mia. La forte odeur l'indisposait. Elle tira sur le cordon qui fit tinter une clochette sous les pieds du cocher. La voiture s'arrêta.

Le silence était impressionnant, déchiré de temps à autre par un cri rauque, cynique, ou par des sifflements venus d'une autre planète. Le cœur de Tiziana battait très fort. Au moment où elle allait refermer le couvercle, Oswaldo s'éveilla. Ses yeux purs et profonds fixés sur le visage de sa mère. Tiziana se mit à trembler. Elle appela le cocher qui ouvrit la portière et déplia le marchepied. Tiziana referma le couvercle pour se soustraire à ce regard. Oswaldo ne pleurait pas. Il écoutait.

— Vous aurez trois pièces d'or.

— Trois pièces d'or...

— C'est l'ordre du prêtre. Il vous entendra en confession et vous serez absous.

— Bien, Maîtresse. Je ferai ce que vous désirez.

— Prends ce panier, avance dans les eaux le plus loin que tu pourras, et laisse-le aller au fil du courant.

Le cocher se signa, prit le panier, qu'il trouva lourd, ôta ses sandales, entra dans les eaux. Il marchait avec prudence, tenant Oswaldo à bout de bras, comme une offrande. Secrètement, il invoqua Oxum : « Déesse des eaux douces, épargne la vie de cet enfant de noble famille. Écoute-le, il ne pleure même pas, il est plein de confiance et moi, pour trois pièces d'or, j'exécute ce forfait voulu par l'Église. Oxum, épargne-moi, épargne ma famille, ne te venge pas sur nous, comprends qu'il est impossible de désobéir. Dès mon retour, je sacrifierai une poule, j'offrirai des bougies. Oxum, entends-moi ! »

A la stupéfaction générale, un taxi arriva en trombe devant le *terreiro*. Pietro en sortit. Il agitait ses grands bras dans la nuit en nous appelant :

— Vite ! Vite !

Nous abandonnâmes notre dîner et fûmes poussés sans ménagements dans le taxi. Le chauffeur, qui avait dû faire l'aller à vive allure, repartit sur les chapeaux de roues. Les branches, sur l'étroit chemin de terre, fouettaient la carrosserie. La précipitation et l'état de Pietro était tels qu'Emiliana se mit à rire.

Pietro le prit très mal.

— Taisez-vous ! Préparez votre âme à la plus pure merveille ! Silence !

Je dus me retenir pour ne pas pouffer à

mon tour, mais il y avait une telle gravité dans le ton de Pietro que nous nous cramponnâmes en silence tandis que le chauffeur, une fois arrivé sur la route principale, nous fit frôler l'accident à plusieurs reprises. La montée dans le vieux Bahia fut particulièrement épique : crissements de pneus, insultes des passants, chats et poules qui ne durent leur salut qu'à d'admirables réflexes. Le taxi s'arrêta brutalement devant l'échoppe.

Pietro avait allumé une bougie. Le clavecin régnait dans toute sa grâce au centre de l'atelier, couvercle levé, resplendissant de tout l'éclat de ses bois vernis. Mais la chose la plus extraordinaire était que nous entendions clairement sonner l'instrument. Habitué depuis quelque temps à me laisser aller au merveilleux, je ne cherchai pas d'explication et m'assis sur le dallage frais, aux côtés d'Emiliana, pour écouter une fugue majestueuse. Pietro s'assit sur son tabouret. Son émotion était intense. Il essuya quelques larmes. Je reconnus ensuite l'un des préludes du *Clavecin bien tempéré* aux quatre voix qui s'interpénétraient avec subtilité. Je fus étonné par la sonorité colorée et vigoureuse de l'instrument, par son timbre et par l'interprétation qui ne ressemblait guère à ce qu'on entend de nos jours. Celle-ci montrait beaucoup plus de relief, de variété, de couleur. Depuis toujours, j'avais un faible pour les fugues, comme si leurs constructions rigoureuses permettaient les plus belles envolées contemplatives. Pendant un bref instant, je songeai à la fugue monumentale de la sonate *Hammerklavier* de Beethoven.

Le concert dura plus d'une heure. Je compris l'angoisse de Pietro : il ne savait pas combien de temps allait durer l'œuvre. Pour lui, l'apparition miraculeuse du son dans cet instrument dépourvu de cordes marquait le couronnement de son travail. Le présentateur annonça en espagnol que nous venions d'entendre l'intégrale du *Clavecin bien tempéré*, par Wanda Landowska. Pietro se leva, arrêta la radio qu'il avait placée sur la table d'harmonie. Il rayonnait d'une joie enfantine.

— Ça valait la peine d'écraser trois poules, non ?

— Magnifique ! dit Emiliana, tout aussi fascinée par le son de l'instrument.

— Je ne comprends pas pourquoi vous avez dit à Matteo : « Terrible ! », en parlant du son du clavecin. Moi, je trouve ça plutôt céleste, divin, angélique.

Tous deux me regardaient, lisant l'émotion sur mon visage. Ils n'attendirent pas d'autre réponse.

— Quand le programme a commencé, je venais d'apliquer la dernière retouche de vernis, j'ai cru à un miracle. Vraiment ! Bon... Maintenant que vous avez écouté, venez regarder de plus près !

Il nous fit admirer la rose complètement reconstruite, les pièces nouvelles qui s'accordaient à merveille avec les parties anciennes de l'instrument. Le clavier d'ébène resplendissait dans son écrin de bois dont l'aspect doré était rehaussé par la lueur de la bougie. L'éclisse très incurvée rejoignait l'angle presque droit de la queue.

— Je vais essayer de trouver des cordes à Rio, dit Pietro.

— Il faudrait faire venir un spécialiste. Mais qui jouera cet instrument ?

— Peu importe, mais, sans les cordes, c'est un chef-d'œuvre muet.

— J'ai une autre idée. Au XVIIIe siècle,

un jésuite, claveciniste, sans doute influencé par les découvertes de Newton, inventa un instrument qu'il appela le clavecin oculaire. Cet instrument, au lieu de produire des sons, déployait des éventails et des rubans de couleur correspondant à chaque touche. Il avait beaucoup de succès et, chez lui, exécutait des sonates de son cru. Devant ses admirateurs, il faisait jaillir des harmonies visuelles qui subjuguaient le regard et l'esprit.

— Un fou, assurément !

— Non, un esprit curieux.

— Et comment cela fonctionnait-il ?

— Je ne sais pas, je n'ai jamais lu de compte rendu détaillé sur le mécanisme, mais je pourrais téléphoner à Paris, me renseigner.

Pietro se mit à rire. L'idée cheminait dans son esprit.

— Des sonates de couleurs... Des sonates de couleurs... Vraiment... Un jésuite ! Euf !

— Imaginez les dames en somptueuses toilettes, les messieurs en perruques poudrées, les curieux de tous bords, les sourds-muets qui, à la lueur des bougies, comme ici, laissaient errer leur esprit, sous le charme de cette musique silencieuse.

— Les sourds-muets allaient à ces concerts ?

— Bien sûr ! Le père Castel fut même élu *fellow* de la Royal Society de Londres ! Telemann a publié une traduction allemande de son ouvrage : *La Musique en couleurs*.

— Étonnant.

— J'imagine très bien, dit Emiliana. Il pourrait y avoir l'éventail d'Oxum et les couleurs des autres dieux : le bleu pour Ogum, le blanc d'Oxala, le rouge de Xangô et toutes les couleurs du ciel et de la terre.

Pietro ouvrit une bouteille de *cachaça*. Tard dans la nuit, ivres, nous étions tous trois vautrés sur le sol à dessiner les plans de mécanismes délirants, échangeant des idées, des rêves dans lesquels Beethoven parlait de la tonalité noire du *si* mineur et Scriabine attribuait à chaque couleur de l'arc-en-ciel sa tonalité absolue.

Le courant était violent, le cocher faillit perdre l'équilibre. L'eau lui arrivait à la poitrine. Il déposa la frêle embarcation sur le flot boueux, fut soulagé de voir qu'il flottait, ouvrit les mains et regarda le panier s'éloigner, tout en continuant de supplier Oxum.

De retour à la voiture, il trouva sa maîtresse courbée en deux, en proie à de violents vomissements : tout l'intérieur de son corps semblait vouloir sortir par sa bouche en projections puissantes. Le cocher s'approcha, mais il n'osait parler.

Tiziana finit par se calmer. Elle se rinça la bouche, but un peu, suça une orange. Elle prit trois pièces d'or dans une bourse ornée de perles fines, les fit glisser dans la main noire du cocher qui les regarda, la paume ouverte.

— Tu as oublié ce voyage. Jamais tu n'en parleras ! Ni à ta femme, ni à tes parents, ni aux sorciers, ni à Mia ! Si la chose venait à se savoir, tu recevrais le fouet, toi et ta famille perdriez votre emploi et notre protection ! Est-ce clair ?

— Oui, Maîtresse, dit le cocher en refermant la main sur les pièces.

Je ne suis pas inquiet. Il fait sombre, mais ma sombre embarcation tient l'eau bibliquement. Oxum n'aurait pas annoncé ma naissance, les dieux du ciel n'auraient pas envoyé une météorite, ne m'auraient pas gratifié d'une magique ambivalence pour me laisser noyer par l'Église dès mon deuxième jour. Mia est mon seul sujet d'anxiété. Sa souffrance. Sa solitude. Comment nous retrouverons-nous ? Faudra-t-il que j'attende de pouvoir regagner Bahia à pied pour la revoir ? Pour l'instant, je flotte, ce qui est une bonne chose en soi. Je flotte en direction de l'Océan. J'espère ne rencontrer ni tronc d'arbre, ni rocher saillant, ni poisson vorace, ni rapides. Oxum, je suis là. Quels sont tes plans, quelle est ma destinée ? Dans quelques heures, j'aurai besoin d'un sein. A moins que les dieux ne me nourrissent d'une manière inattendue. Patience, patience sur les flots.

Mia s'éveille. Tête de plomb. On l'avait laissée sur le lit de sa maîtresse. La première chose qu'elle ressentit, ce fut l'absence d'Oswaldo. Encore sujette aux vertiges, elle s'assit. La pièce était vide. Elle appela :

— Oswaldo, Oswaldo, mon cœur... Oswaldo !...

Elle se leva, fit quelques pas en titubant, appela encore, dévala l'escalier de marbre. Un silence de mort planait sur la grande demeure. Elle descendit jusqu'aux cuisines. Toutes les femmes évitaient son regard. Mia allait de l'une à l'autre, les secouait.

— Où est Oswaldo ? Où est Oswaldo ? Parlez !

Comme personne ne lui répondait, Mia se mit à hurler, prenant les plats, les fracassant contre les murs, si bien qu'Albano fit irruption dans la cuisine.

— Que se passe-t-il ?

— Oswaldo, qu'avez-vous fait d'Oswaldo ? cria Mia.

— Dieu a repris l'enfant.

— C'est impossible ! Je veux le voir !

— Jamais plus tu ne le verras. A l'heure qu'il est, il a rejoint les anges.

— Assassin !

Mia se jeta sur Albano avec une violence telle qu'elle le renversa. Plusieurs femmes tentèrent de l'immobiliser, mais les pieds, les poings et tout le corps de Mia se libéraient par de fulgurantes détentes. Elle griffait, elle arrachait les cheveux, elle projetait dans l'espace tout ce qui lui tombait sous la main en poussant des cris déchirants. Deux hommes surgirent dans la cuisine pour essayer de la maîtriser, sans succès. Ils se retrouvèrent avec le visage lacéré et sanglant.

— Mia est possédée ! Allez chercher le sorcier ! Lui seul pourra la calmer.

Albano assistait à la scène, impuissant, fasciné par tant de violence. Nul n'osait plus toucher Mia qui continuait à tout fracasser devant quinze personnes abasourdies.

Lorsque le sorcier arriva, il n'y avait plus

rien à briser. Mia gisait à bout de forces sur le dallage, en proie à des convulsions. Le vieil homme marcha sur les débris, s'assit près de Mia, souffla sur son front, posa une main sur son ventre. Il la souleva, déposa le corps léger sur son épaule, et, sans un mot, sortit de la maison, dans la stupeur générale. La traversée du jardin parut douce et fraîche à Mia dont les grands yeux ouverts étaient braqués vers le ciel. Un mot à peine articulé naquit entre ses lèvres :

— Oxum...

Le sorcier lui caressa la nuque. Il l'emmena dans sa baraque, la déposa sur une natte épaisse. Sur son feu qui ne s'éteignait jamais, il fit bouillir de l'eau dans laquelle il jeta quelques pincées de plantes séchées. Il attendit le troisième bouillon, versa la décoction dans un petit pot de terre et, pendant qu'elle refroidissait, ses mains fripées dénudèrent Mia. Ensuite, en commençant par la tête, il toucha délicatement tout le corps, pinçant parfois un endroit pour en extirper les démons.

Lorsqu'il eut terminé, Mia avait recouvré son calme, elle ne semblait plus hallucinée.

Le sorcier la prit par la nuque, l'aida à s'asseoir. Il lui fit boire la décoction tiède et son regard tendre, presque enfantin, son visage ridé, irradiaient.

— Luís... Vais-je le retrouver ?

— Je ne suis qu'un roseau entre Oxum et toi, et je ne décide pas du destin des êtres. Je peux parler en ton nom, je peux t'aider, je peux enlever la souffrance de ton corps, mais je ne peux te rendre Oswaldo. C'est Oxum qu'il faut prier, et si tu parviens à la convaincre, elle te rendra Oswaldo. Il te faut de la force. Tu traverseras des moments de désespoir, mais je veillerai sur tes pas. Dors, maintenant.

Deux heures du matin. Albano, une compresse sur les griffures infligées par Mia, fumait un cigare dans le grand salon. Il s'était fait apporter une bouteille de champagne, des toasts et de petites saucisses au piment. Au fond d'un profond fauteuil anglais, il contemplait d'un air sombre les sombres portraits de ses ancêtres. A chacun d'eux il porta un toast.

Maintenant, la bouteille était vide. Un peu de graisse dorée restait sur l'assiette de céladon. Les chandelles disaient que le temps avait passé. Il entendit le cheval, les roues ferrées de la calèche, la voix du cocher. Il se leva, rajusta sa robe de chambre de soie indienne, traversa la maison silencieuse à la rencontre de sa femme.

Le cocher l'aida à descendre. Fourbue, elle fit les quelques pas qui la séparaient d'Albano et se réfugia entre ses bras ouverts.

— Que s'est-il passé ?... Ton visage...

— Mia s'est éveillée.

— As-tu parlé ?

— Oui.

Tiziana éclata en sanglots.

— C'est horrible ! J'ai peur... Il s'en est allé sur les flots. Il ne pleurait pas. Son dernier regard... Son dernier...

Tiziana ne put finir sa phrase. Son mari la soutint. Il la conduisit dans sa chambre.

— Comment va la petite ?

— Elle a eu une crise de démence. Elle a tout brisé dans les cuisines, les dommages sont considérables ; plusieurs cuisinières blessées, et deux hommes qui n'ont pu en venir à bout. J'ai rarement vu une telle fureur chez un être aussi jeune.

— Qui s'occupe d'elle ?

— Le sorcier. Elle est chez lui. Nul doute que son influence sera salutaire.

— Quelle terrible épreuve pour nous tous !

— Nos ancêtres ont traversé des tempêtes bien pires.

— Cet enfant... abandonné... sur le fleuve... Je ne veux plus voir le prêtre, ni le chirurgien. Plus jamais. Que ma maison leur soit interdite !

— Nous ne pouvons interdire notre maison à l'Église, ce serait nous retrancher de son sein, de la société tout entière.

— Alors, que l'évêque nous envoie un autre prêtre.

— Bien. Veux-tu que j'éloigne Mia ?

— Non. Je voudrais qu'elle entre à mon service. Je veillerai sur elle. Elle couchera dans ma chambre.

— Je ne comprends pas, mais, si tel est ton désir, je l'enverrai chercher.

— Attendons que le sorcier la laisse aller. Je m'en occuperai moi-même.

Albano se retira, Tiziana se coucha sans prier et regarda les anges du plafond peint jusqu'à l'extinction de la chandelle.

Tangage. Roulis. J'ai le pied marin et le ventre creux. Oxum, que fais-tu ? Les prêtres sont inconséquents, ignorants des cercles spirituels auxquels ils n'appartiennent pas. Comment auraient-ils pu décider de me mettre à la merci des flots sur lesquels Oxum règne en maîtresse absolue, s'il en avait été autrement ? Le bûcher aurait été plus approprié, plus traditionnel aussi. Paix à tous les hermaphrodites grillés au cours des temps. Paix à leurs cendres, comme on dit.

Quelques gouttes d'eau s'infiltrent, imprègnent le châle, alourdissent la nef exiguë. Plus aucun rayon de lumière ne filtre. Dormez, alligators ! Dormez sur vos bancs de sable encore tiède. Rêvez, alligators ! Je ne serais pour vos gueules qu'un insipide petit four ! Tiens, ma course se ralentit, je dérive ! Je dérive ! Arrêt brutal. Serait-ce la fin du voyage ? Me voici coincé entre les branches d'un arbre tombé. Merci, Oxum ! Il ne reste plus qu'à sucer mon pouce en attendant le jour, et, dès les premiers rayons de soleil, je me mettrai à gueuler de toute la force de mes petits poumons. Pour l'instant, gardons notre souffle, soyons confiant, serein, même. C'est une chose qu'il faut apprendre à l'aube de son troisième jour. Ne trouvez-vous pas que ma courte vie est déjà bien remplie ?

Mia mangeait en silence une purée de tapioca que le sorcier lui avait préparée. Reconnaissante, sous le regard attentif du vieil homme.

— Habille-toi de jaune. Prie Oxum sans relâche. Ne fuis pas la grande maison ni ta maîtresse, montre-toi douce et docile. Place ta confiance en Oxum et, chaque soir, viens me voir.

Luís toucha la tête de Mia et lui fit signe de s'en aller. Mia marcha entre les cabanes. On la considérait avec respect. D'une expression, d'un mot, on l'encourageait. Sa mère fouilla dans le coffre à vêtements, trouva une robe de coton jaune. Mia la passa. Ses seins lui faisaient mal. Pas d'autre enfant à nourrir. Il n'y avait que la truie qui venait de mettre bas douze petits. Mia les découvrit, à l'ombre, en train de téter. Elle choisit le plus petit porcelet, qui poussa des couinements aigus. La mère grogna, souleva sa lourde tête qu'elle laissa retomber dans l'herbe. Mia s'installa dans son hamac, prit le porcelet et lui donna le sein. Il aspirait goulûment, décochant de petits coups de groin froid dans le sein de Mia.

Lorsqu'elle fut soulagée, elle rapporta le petit à sa mère et alla se laver les pieds dans le bassin. Tiziana la vit de sa fenêtre. Elle descendit. S'approcha. S'assit à côté d'elle. Mia la regarda sans animosité. Tiziana, rassurée, lui effleura l'épaule.

— Je te prends à mon service. Je double tes gages. Tu n'auras pas de travaux difficiles. M'habiller, me coiffer. Prendre soin de moi. Sortir en ville avec moi, m'accompagner partout. J'ai demandé qu'on t'installe un lit dans ma chambre. Ta vie sera douce et agréable. Toutes les deux, nous essaierons d'oublier.

Le regard de Mia se troubla, deux larmes glissèrent. Tiziana se mordit la lèvre jusqu'au sang.

— As-tu mangé ce matin ?

Mia répondit d'un signe de tête.

— Viens.

Elles passèrent à côté des reliques du clavecin entassées contre le tronc d'un manguier.

J'entends des pas. Craquements. On s'approche. Je n'ai pas crié pour rien. Depuis des heures. On soulève le panier, adieu l'humidité, adieu le São Francisco ! On ne me porte pas, on me traîne. C'est curieux-bizarre-étrange. Des enfants, peut-être. Pourtant, ils ne pipent mot. Voir cette chose hurlante devrait les intéresser. Pas d'impatience, j'ai déjà échappé à la mort, ce n'est pas si mal. Je passe d'une promenade en bateau à une balade en traîneau. J'ai peut-être été recueilli par des Indiens. Une tribu perdue ?

Tiziana respectait le silence de Mia. Elle l'emmena au marché, prendre le thé chez des amies, faire une promenade en barque. La jeune fille n'était ni triste, ni gaie. En attente de quelque chose. Le soir, elle allait visiter Luís, passait une heure avec lui, puis son porcelet favori l'attendait devant chez le sorcier, la suivait jusqu'au hamac, suçait un sein, puis l'autre, et s'en allait, repu, narguer ses frères qui devaient se battre pour accéder aux meilleures tétines. Les plus faibles devaient se contenter des dernières, moins gonflées. Alors que lui, baptisé par Mia du joli nom de Caribal, avait le choix entre deux seins gorgés de bon lait. A coup sûr, il serait un cochon supérieur, un athlète, un renifleur subtil, peut-être même serait-il adopté par la suite, deviendrait-il l'animal de la maison et échapperait-il ainsi à sa destinée de ragoût ?

Lorsque Caribal, repu, s'en allait, Mia restait dans son hamac. Elle rêvait d'Oswaldo, elle priait Oxum, puis, vers la fin de la journée, elle remontait dans la chambre de sa maîtresse, allumait les bougies que Luís lui avait données et parlait à la statuette de bois polychrome. Tiziana la regardait faire, pensant que l'oubli progressait insidieusement, que son corps et sa mémoire seraient peu à peu lavés de toute trace, qu'Oswaldo deviendrait un vague souvenir, une entité abstraite, pour n'être bientôt plus qu'un nom traversant parfois l'esprit. Elle-même s'entraînait de manière systématique à obtenir ce résultat. Une seule chose la gênait dans son entreprise : elle devinait qu'il n'y avait aucune apathie dans l'attitude de Mia, contrairement à ce qu'elle avait pensé au début, mais plutôt une sorte de retrait du monde, d'ascèse, de sérénité qu'elle-même ne parvenait pas à trouver. Ses rêves la tourmentaient. Chaque nuit, Oswaldo se manifestait d'une façon ou d'une autre. Une domestique lui apportait son petit déjeuner sur un plateau d'argent, elle soulevait une cloche et sur l'assiette blanche elle trouvait le sexe d'Oswaldo, tranché. Elle entendait une voix d'enfant : « Maintenant, je suis une femme, comme toi. Plus Maria qu'Oswaldo. Je suis vivante. Il faut que tu me retrouves. » Cette nuit-là, ce fut le dernier regard d'Oswaldo, calme et profond. Elle s'éveilla en sueur et en larmes. A sa grande surprise, Mia ne dormait pas. Elle était agenouillée devant Oxum. Une chandelle brûlait. Tiziana se passa de l'eau fraîche sur le visage, se leva, s'approcha de Mia :

— Il faut dormir, il fera bientôt jour.

Elle vit que Mia était totalement absorbée par Oxum, qu'elle n'entendait pas, insensible au monde extérieur. Tiziana effleura le visage de la jeune fille, qui n'eut pas la moindre réaction.

Chaque nuit, le même phénomène se reproduisait. Tiziana ne trouvait plus le sommeil et Mia, qui passait ses nuits agenouillée, dans un état de transe, semblait, le matin venu, aussi fraîche qu'après un long sommeil.

Tiziana ne supportait plus de toucher aux aliments. Elle restait au lit et, chaque fois qu'on lui montait des plats exquis, elle les repoussait : manger lui donnait l'impression de dévorer son propre enfant. Elle fut prise de délires cannibaliques, si bien que le nouveau médecin diagnostiqua une mélancolie profonde. Il dit à Albano qu'un voyage en Europe lui ferait le plus grand bien, mais Albano passait plus de temps à surveiller ses mines d'émeraudes et de diamants qu'à s'occuper de son épouse. Le plus étrange, c'est que lui aussi faisait des rêves effroyables. Souvent, il se voyait assis dans la jungle avec sa femme, au milieu des sauvages. Oswaldo, empalé sur une broche en bois, rôtissait, puis chaque convive arrachait des lambeaux de chair, des os entiers, et tous partageaient l'ignoble repas. Jamais il n'avait parlé de ses rêves à sa femme, mais il savait par le médecin qu'elle en faisait de semblables. Dès qu'il fut de retour, il demanda à l'évêque de lui envoyer un exorciste, qui mit du sel et du charbon de bois dans chaque pièce, des caves au grenier, fit des signes étranges, aspergea tout le monde d'eau bénite et déclama force prières d'une voix de stentor, mais rien ne changea. Tiziana perdait du poids, passait ses nuits à observer Mia et ses jours à somnoler sans grand bienfait, tant ses cauchemars étaient atroces. Mia, quant à elle, avait toujours le même emploi du temps : quelques travaux dans la maison, de bons repas, ses visites à Luís, la tétée du porcelet, le hamac, la nuit d'union avec Oxum.

Même la conduite de Caribal devint étrange. Après la tétée, il ne voulait plus rejoindre sa mère et ses frères. Il s'était totalement attaché à Mia et la suivait partout. Il avait pris des forces, grandissait rapidement, montrait une chair compacte de porcelet bien nourri. Mia ne faisait pas que l'allaiter. Elle le lavait au puits avec elle chaque matin. Ensuite, Caribal l'accompagnait dans la grande maison, montait dans la chambre de Tiziana sans que personne ne s'en offusquât. Au début, Tiziana, dégoûtée par le cochon, avait voulu demander à Mia de faire sortir l'animal, mais une force obscure l'avait empêchée de parler. En fait, elle se rendit rapidement compte que la présence de Caribal, qui n'hésitait pas à monter sur le lit de dentelle lorsque Mia était trop absorbée par la prière pour le caresser, lui dispensait un certain calme. Parfois même, elle lui permettait de dormir. Ce cochon est plus fort que les exorcistes, se surprit à penser Tiziana. Cependant, l'image d'Oswaldo ne disparaissait pas pour autant. Celui-ci profitait de chaque instant de sommeil pour se manifester sous les formes les plus diverses. Tiziana avait beau prier, ses messages s'envolaient vers le ciel et rien ne venait en retour. Elle était incapable de connaître les états d'intense communion que Mia expérimentait chaque nuit.

Ce jour-là, Mia, suivie de Caribal, traversait le jardin en direction de la maison de Luís lorsque Oxum descendit en elle pour la seconde fois. Elle tomba sur le gazon dru. Ce fut une possession douce, sans tremblements ni convulsions. Quand elle rouvrit les yeux, elle vit Luís, assis près d'elle, une main posée sur son ventre, et Caribal qui s'était mis à téter, car c'était son heure. Tiziana était accourue, inquiète de voir Mia dans cet état. La jeune fille repoussa Caribal, s'assit, baisa la main de Luís.

— Caribal et moi partons à la recherche d'Oswaldo.

Tiziana éclata en sanglots et prit Mia dans ses bras.

— Oui, je t'en supplie, Mia, ramène-le-nous. Oswaldo est notre vie.

— Tu continueras à prier chaque nuit à ma place. Tu iras chercher des bougies chez Luís, et plus j'approcherai d'Oswaldo, plus tu retrouveras ton esprit et ton corps. Lorsque tu seras guérie, Oswaldo sera sauvé.

— Je vais appeler le cocher afin qu'il te conduise à l'endroit exact où nous avons abandonné l'enfant.

— Le cocher est paralysé sur sa natte depuis plusieurs jours. Lui aussi guérira quand je m'approcherai d'Oswaldo.

— Je vais te donner de l'argent. Quelqu'un d'autre va te conduire.

— Non. Lui et moi. Seuls.

Mia se leva et partit en compagnie du cochon qui la précédait. Elle traversa les vieux quartiers, sortit de la ville.

Caribal serait son guide.

Emmitouflé, le clavecin, porté par deux adolescents du *terreiro*, traversait Bahia. Pietro précédait son chef-d'œuvre et, d'une voix forte, sommait tout intrus de s'écarter sur-le-champ. La rue semblait lui appartenir. Emiliana et moi fermions le cortège. De temps à autre, les porteurs déposaient délicatement le fardeau et reprenaient leur souffle.

Ce jour-là, Pietro nous avait fait chercher et, sitôt arrivés dans la boutique, nous avions trouvé l'instrument prêt à être transporté. Pietro n'avait pas répondu à nos questions. Emiliana avait eu beau déployer son charme pour le faire parler, elle n'avait rien pu en tirer.

Le clavecin descendait les marches, traversait les ruelles, exposé aux mille senteurs de la ville.

— Étrange cercueil, commenta une femme en nous regardant passer.

Nous sortîmes de la ville pour pénétrer dans les épaisseurs de la jungle. La forme élancée du clavecin répondait aux feuilles oblongues, grâce pour grâce, musique pour musique.

Notre entrée sur le *terreiro* fit sensation. La Mère des dieux elle-même vint assister à l'irruption de l'étrange instrument sur le sol sacré d'une Afrique symbolique. Pietro salua respectueusement Gil Maria et se lança dans un discours empreint d'émotion :

— Ce clavecin est une offrande que moi, Pietro, artisan au savoir en perdition, est venu humblement te présenter. Si je viens à toi, ce n'est pas par mépris des tambours dont je connais les pouvoirs, pas du tout. Au contraire, même, j'ai pour Emiliana le plus grand respect. Mais comment t'expliquer, Mère... Tout vient d'un malentendu. Ce clavecin et moi, nous avons vécu côte à côte toute une vie. Au début, il était vieux et brisé, et j'étais jeune et fort. J'ai appris les secrets de mon art en le regardant, mais j'ai mis une vie à me décider à lui rendre hommage en lui restituant sa forme et sa fonction. Maintenant, la situation s'est inversée : je suis vieux et brisé, et lui, le clavecin, frais comme une jeune mariée. Pourtant, il a plus de trois cents ans. C'est un miracle... Je dois dire que ton fils ici présent m'a redonné le désir de m'atteler à cette tâche. Il m'a offert une radio qui permet d'entendre la Chine et l'Afrique. Donc... où est-ce que j'en étais, déjà ? Ah oui... Un malentendu, un très mal entendu. Ce n'est pas ma faute si on ne joue pas de clavecin dans les rues de Bahia ! J'avais imaginé comment cet instrument pouvait sonner, mais j'étais bien loin de la réalité. Bien loin. Et ton fils ici présent, par je ne sais quelle aberration des sens et de l'ouïe, m'a mis dans la confusion la plus totale en disant à mon fils que le son d'un clavecin était « terrible ». Terrible ! c'est ce qu'il a dit. J'ai trouvé ça drôle, très drôle, même. Et sympathique. Tout ce qui est vieux n'est pas merveilleux. Il y a des erreurs qui se colportent et survivent pendant des siècles.

Le clavecin aurait pu en être une ! Un jour, à cause de cette radio, j'ai entendu du clavecin, et c'est la raison pour laquelle, sous la menace, j'ai forcé un malheureux chauffeur de taxi à violer la paix de ton *terreiro*. J'espère que tu me pardonnes cette offense, Mère des dieux...

— Tu es pardonné, mon fils...

Gil Maria semblait fascinée par l'interminable discours de Pietro. Elle lui prêtait une douce attention, de même que tous ceux qui nous entouraient.

— Donc, cette nuit-là, j'ai entendu une œuvre magnifiquement interminable, sublimement composée pour me laisser le temps de faire l'aller et retour en taxi, à tombeau ouvert, merci au compositeur ! Quel esprit universel faut-il avoir pour prévoir à quelques siècles de distance qu'un artisan nommé Pietro entendrait un jour cette œuvre dans son échoppe du Pelhourino ! C'est ça, la grandeur, le génie, la vision toute-puissante ! Croyez-moi, cette musique m'a tiré les larmes, et cela fait des années que je n'avais pas pleuré devant la beauté, et là, d'un seul coup, tout le pouvoir de l'émotion est venu rajeunir mon cœur. C'était merveilleux. Et je me suis dit : ce que cet instrument a fait pour toi, il peut le faire pour d'autres. Et j'ai pensé : cette splendeur ne peut rester dans une ruelle obscure, ce n'est pas sa destinée. Sa destinée, c'est d'être proche des dieux, car ce clavecin, par la beauté tant de ses lignes que de ses bois, est un instrument divin, céleste, magique. Alors, Mère des dieux, je suis venu humblement te l'offrir, car je sais que tu parles aux dieux et qu'ils te répondent. Et cette offrande, assurément originale, va causer stupeur et étonnement dans les sphères célestes, et au plus profond de la forêt les esprits coureurs, les âmes en peine, les médiums, les fidèles et les dieux vont se délecter, le monde va s'apaiser, la lumière s'adoucir, les tourments se dissoudre dans l'espace. C'est le rêve que j'ai fait la nuit passée et c'est pour cela que j'ai décidé de traverser la ville et la campagne avec ce clavecin que je t'offre humblement, Mère des dieux.

— Merci, mon fils. C'est un cadeau royal. Je sais que les dieux en seront réjouis.

Nous allons préparer une grande fête pour demain, qui est un jour béni, et nous offrirons l'instrument après l'avoir baptisé.

Gil Maria embrassa Pietro.

— Reste parmi nous, sois le bienvenu. Je ferai installer un lit près du clavecin, toi et lui dormirez côte à côte et demain, d'un chef-d'œuvre humain, il deviendra un chef d'œuvre divin.

On porta le clavecin dans la pièce où avaient lieu les danses et les cérémonies. Comme je faisais mine de vouloir enlever les couvertures qui protégeaient l'instrument, Pietro s'interposa.

— Demain, juste avant le baptême.

Je respectai son souhait. Gil Maria nous invita à dîner. Les cuisinières se mirent à l'ouvrage pendant que nous bavardions gaiement en buvant des *batidas*, assis sur les marches tièdes du *terreiro*.

Au cœur du silence, nu à nue, velours et griffes, Emiliana et moi nous promenons dans cette parade sans fin de nos corps, qui nous fait vivre et frémir jusqu'au matin. Ses recoins les plus obscurs s'ouvrent sous ma langue, tout comme je me fonds en sa bouche et en son con. Par nos cris et nos murmures, nous appelons tout ce qui vit à se mêler à nous. Le monde est sans résistance devant l'attrait d'une telle fusion, car nous lui laissons le temps de nous pénétrer, de jouir en nous.

Épuisés par une journée de marche, Mia et Caribal s'arrêtèrent lorsqu'ils virent le soleil d'un côté et la lune de l'autre, le temps aboli. Ils quittèrent la route, cherchèrent un endroit abrité et tranquille, loin du bruit des camions. Mia demanda de l'eau à un paysan courbé sur la terre craquelée. Il avait caché sa gourde d'aluminium sous une touffe d'herbes. Elle but.

Ils arrivèrent sous un agavier et décidèrent de s'y reposer. Caribal reçut sa ration de lait, après quoi Mia offrit une bougie à Oxum, balbutia quelques mots, massa ses pieds douloureux et tomba dans un sommeil profond, lovée contre Caribal qui exhala un interminable soupir et s'endormit lui aussi.

Tiziana avait pris la place de Mia. Elle priait Oxum, régulièrement traversée par un frisson d'angoisse. Elle se rendait compte qu'elle était en train de sombrer dans le paganisme, qu'elle devait être la risée des employés et qu'Albano, à son retour de la mine, jugerait mal sa conduite. En religion comme en musique, Tiziana avait l'habitude de suivre la partition. Là, il lui fallait improviser. Parler, tout simplement. Les mots venaient peu à peu. Ce qu'offrent les vertus de la répétition : la concentration, le lent décollage de l'âme qui se fond dans le non-dit, elle ne le trouvait plus. En revanche, une sorte de fraîcheur de sentiment s'installait peu à peu en elle, une source au débit irrégulier baignait son âme.

— Oxum... Toi qu'on appelle aussi sainte Catherine... Mais je t'appellerai Oxum, comme Mia, comme Luís. Est-ce toi qui m'envoies ces visions terribles ? Ai-je commis une faute irréparable ? Je ne sais quelle pénitence t'offrir. Comment mortifier ma chair pour réparer l'abandon d'Oswaldo Maria, sans doute placé sous ta protection ? Je sais tous ces signes... La météorite... La destruction de mon clavecin... Est-ce toi qui l'as fracassé ? Pourquoi ? La petite Mia, si courageuse, si absolue dans sa foi, partie à la recherche de mon fils-fille... Quel peut être son destin ? Comment affrontera-t-il l'intolérance des hommes, l'excommunication ? Comment pourra-t-il suivre la voie royale des Gagino sans apporter la malédiction sur notre famille ? Je sais, ce n'est pas un être mauvais... Son regard était tendre et profond... Humilie-moi si tu le désires, fais-moi souffrir encore, il faut que j'expie mon acte... Fais-moi souffrir, mais protège les pas de Mia, guide-la sûrement vers le berceau qui flotte quelque part sur le fleuve... A moins que des âmes charitables ne l'aient sauvé ?... Elle est partie si soudainement, si sûre d'elle, je n'ai pu lui être d'aucune aide. J'ai ressenti sa force, la force que tu lui as donnée. Je commence à croire en toi, mais il faut que tu m'accordes encore un peu de temps. Je crois au Christ, à la Vierge, à notre religion. Je suis confuse. Pardonne ma confusion. Accepte mon humble prière. Accepte mes offrandes. Accorde-moi ton pardon. Fais descen...

Tiziana se tut. Son corps entier la brûlait,

elle ne put retenir un cri, puis une longue plainte. Elle ressentit de vives morsures dans sa chair. Affolée, elle se déshabilla, se regarda dans le grand miroir, à la lueur de la seule bougie offerte à Oxum. Sa peau était striée de marques rouge foncé qui se croisaient, traversaient la poitrine, le ventre, les cuisses et le dos. C'est alors qu'elle entendit les plaintes de ceux qu'elle avait fouettés, qu'elle endura leur douleur, qu'elle revit ces nuits où sa main gantée de blanc avait fait cingler le fouet sur les Noirs suspendus par les poignets à l'une des branches du figuier. Elle gémit toute la nuit, se tordant aux pieds d'Oxum, et, le matin venu, les stigmates disparurent, son corps et son âme s'apaisèrent.

Elle accepta les fruits et le café. Vêtue de jaune, elle rendit visite à Luís, toujours assis sur la véranda de sa cabane, la tête protégée par un chapeau de feutre américain, fumant un cigare, prêt à recevoir qui viendrait. Prêt à toucher les corps et les âmes souffrants, prêt à guérir, à consoler, à raconter des histoires aux enfants, à parler aux animaux et aux végétaux, à mettre du bois sur son feu magique qui fumait à peine. Il fit signe à Tiziana d'entrer, la suivit, ferma la porte. Tout autour de la maison, on s'interrogeait, on jacassait sur les raisons de la présence de la Maîtresse chez Luís.

Après une semaine de marche somnambulique, Mia et Caribal atteignirent les rives du São Francisco. Mia fabriqua une petite barque, y plaça une bougie, la laissa dériver au fil du courant en priant Oxum, puis elle trempa ses pieds enflés dans l'eau, se coucha parmi les herbes fraîches et s'endormit pendant que Caribal tétait. Bien nourri, il se coucha contre Mia ; peu habitué aux longs parcours, il avait lui aussi besoin de récupérer.

Oxum visita les corps. A leur réveil, tous deux savaient qu'il fallait descendre le fleuve en longeant la berge. La nuit tombait. Ils se mirent en route, accompagnés par les frémissements des eaux, les cris rauques ou stridents des oiseaux, les craquements de fuites. Caribal était nerveux, sur le qui-vive. Mia avait l'impression de placer chacun de ses pas dans la marque tiède de ceux d'Oxum. Cela soulageait ses douleurs.

Ils traversèrent un village. Une fille d'Oxum leur offrit de l'eau, une galette et des fruits. Ils s'endormirent dans un grand hamac et ne s'éveillèrent que l'après-midi suivant. Les habitants avaient vu passer l'attelage de Tiziana, mais nul n'avait entendu parler d'un panier abandonné sur le fleuve. Mia interrogea les enfants, les vieillards, les femmes, les chasseurs. Rien. Il fallait continuer à descendre selon les indications d'Oxum.

Parfois, Caribal s'éloignait de la piste, Mia l'entendait grogner, puis il revenait, le nez au sol.

— Tu sens quelque chose ?

Ce jour-là, pour la première fois, Mia se mit à chantonner. La halte au village l'avait reposée. Elle ne doutait plus qu'Oxum guiderait ses pas jusqu'à Oswaldo. Il lui arrivait de crier son nom de sa voix claire et sonore : Oswaldo. Oswaldo !

Dès l'ouverture du panier, j'avais dû me montrer athlétique. Il avait d'abord fallu m'en extirper. Pas si simple. Surtout sous l'immense hure qui me regardait faire. L'énorme groin ! Les dents ! J'étais destiné au dîner de l'animal. C'était couru. Tout autour, des cochonnets sauvages d'une taille plus proche de la mienne.

Voyant mes efforts, la hure, du bout de son groin, fit basculer le panier et je me retrouvai rampant sur le sol humide et tiède rempli d'animalcules qui se donnèrent immédiatement le mot : une chair molle et rose venait de débarquer ! Le bruit alentour était effrayant : plaintes lugubres, déchirements, sifflets de détresse, vibrations stridentes. Pourvu que ce ne soit pas le paradis terrestre ! L'endroit où, d'après notre mythologie, la première banane cognitive fut offerte à Ève par le Serpent. Toute notre souffrance vient de la banane. Ou de la pomme. Ou de l'abricot. Ou de la figue. Tout dépend de la version sur laquelle on s'appuie. Moi, je suis pour la banane, plus douce à l'esprit et au corps. De toute manière, l'histoire en soi est absurde : pourquoi l'acceptation d'un plaisir aussi simple que celui de manger une pomme, un abricot, une figue ou une banane aurait-elle fait basculer l'Univers dans un irrémissible chaos ? Ridicule. Pour que nous puissions être sauvés, disent les théologiens. Dieu nous fait un cadeau et Il nous le casse, juste pour que nous puissions passer l'éternité à le réparer ! Généreux, non ? A moins qu'atteint de crétinisme Il ne se soit amusé à empoisonner les êtres, les arbres, la connaissance, les fruits, la sexualité et les serpents pour l'éternité ? Assez de théologie ! Pour l'heure, il faut survivre. Je me glisse hors du panier. Je roule. Je regarde mes frères d'adoption, puis la masse énorme de la hure qui se couche dans le plus grand fracas. Il n'y a pas intérêt à se trouver sous elle à ce moment-là, sauf à vouloir finir ses jours dans une platitude extrême, comme un canard pékinois. Je vois mes frères se jeter sur ce qui me semble être une infinité de mamelles. Ma mère en a trois, Mia en a deux, cette femelle en a dix-huit ! Rendez-vous compte ! La mamelle étant, d'après mes souvenirs, dispensatrice de mon unique nourriture, je rampe jusqu'à la plus proche, je trouve une position confortable et je suce. Surprise : le goût n'est pas le même... Mais, vu la gloutonnerie de mes camarades, ce doit être bon.

Il m'a fallu trois jours pour m'y habituer. Pour le lait, trois jours. Pour les fourmis voraces, moustiques et autres insectes, cinq jours. Je n'arrêtais pas de me frotter contre mes frères de lait. Comme eux, je dormais beaucoup. Le plus dur, c'est qu'on ne me parle pas. L'habitude d'entendre des mots, les douces inflexions d'une voix chère, voilà qui ne se perd pas rapidement. Les plaisirs de la conversation me viennent pourtant. Plus abstraits, bien sûr, mais moins de vocabulaire à apprendre, pas de grammaire, pas d'étymologies tortueuses, rien que des grognements, de petits cris aigus que mon oreille musicale me permet de reproduire assez fidèlement pour que ma seconde nourrice me regarde avec une tendresse étonnée. Je fais aussi bien que ses rejetons, c'est certain. Plus fort, même. Mes poumons se développent. On dit que le monde est une jungle. Je suis prêt. Quelques simulacres de combat pour assurer notre sécurité. Parfois, un animal s'approche, mais les dents de notre protectrice, la masse de son corps en effraient plus d'un. Le nombre des tétées est satisfaisant. Mon estomac accepte bien le lait de truie, riche en cuivre, et c'est justement à travers ce cuivre que se fait le lien magique : cuivre

/ cuivre-or / Oxum. Vous me suivez ? Donc, tétant, je communique avec ma divinité tutélaire, celle de Mia, et je suce, si je puis dire, une certitude. Ce qui n'arrive pas toujours dans la vie. Je suce la certitude qu'un jour je retrouverai Mia. Il va falloir apprendre à marcher au plus vite. On ne rampe pas sur quatre cents kilomètres. Pas à mon âge, en tout cas. L'un de mes frères de lait, jaloux sans doute de ma belle apparence (les piqûres de moustiques me donnent un extraordinaire relief) et de mes poils noirs sur le crâne, essaie ses petites dents pointues sur mes bras et mes épaules. Rivalité de tétine. Moi, je m'accroche à celle que j'ai choisie et balance à l'ingrat des coups de pied sur le groin.

Tout le *terreiro* ne parle que de l'étrange objet qui occupe le centre de la pièce. On s'interroge sur la présence de ce nouvel instrument rituel. Les initiés disposent des fleurs et des bougies dans la salle. On s'approche du clavecin emmitouflé, on le touche, on le caresse, on lui parle.

Pietro surveille son instrument, fait connaissance avec les gens du *terreiro*. On le gâte, on lui apporte des friandises, il est l'invité de la Mère des dieux. Comme tous les Bahianais, il semble familier avec les signes, les objets rituels, les comportements. Il s'entretient avec tout un chacun, va visiter les cuisines après avoir placé un jeune homme près du clavecin afin d'empêcher les curieux d'en jouer.

Emiliana m'entraîne à l'extérieur du *terreiro*. Nous nous éloignons par un étroit sentier, traversons la jungle et arrivons à notre plage déserte. Nous nous déshabillons, nous couchons sur le sable et restons silencieux dans les bras l'un de l'autre. Puis nous jouons comme des dauphins, plongeant, nous frôlant, rejaillissant des eaux.

Nous nous laissons sécher par la brise, puis somnolons un peu. La nuit tombe, je m'assieds, passe ma main au-dessus d'Emiliana, lentement, sans la toucher. Ses yeux sont fermés. Je suis étonné de sentir si exactement le relief de son corps, je ferme les yeux à mon tour, mes mains suivent les ondulations, les creux, les monts. Emiliana frémit. Je caresse l'image que son corps projette. Les sensations infinies que captent mes mains se diffusent en moi. Je tourne mes paumes vers le ciel et le poids du ciel vient reposer sur elles. Emiliana rouvre les yeux. Elle sourit, m'embrasse. Il y a une interrogation dans son regard.

— Tu comprends ?

— Oui, je crois.

— La Mère des dieux a reconnu ce pouvoir en toi dès la première seconde. En ouvrant ton corps, je lui ai permis de sortir. Cette force te rongeait, car elle était emprisonnée.

J'étais profondément troublé, et, tout à coup, mille sortes de signes indéchiffrables s'éclairaient pour former une ligne de force limpide. Je serrai Emiliana contre moi et nous restâmes enlacés jusqu'à la nuit.

— La fête va commencer !

Nous rentrâmes. Je songeai à tous ces instants d'intense communion, de fusion, de dissolution que j'avais ressentis depuis l'enfance et qui tous me disaient quelque chose que j'avais mis quarante ans à comprendre ou à accepter. Des centaines d'images me revinrent, se chassant les unes et les autres avec une rapidité vertigineuse.

Nous entrons. Le clavecin est là dans toute sa beauté, couvercle fermé. Seuls les membres du *terreiro* sont présents. La Mère des dieux, dans son fauteuil, converse avec Pietro qui nous accueille avec de grands éclats de voix.

— C'est le jour ! Le moment ! Le retour à la vie de ce précieux instrument ! Pour vous, mes amis, pour Gil Maria, pour les dieux !

Nous embrassons Gil Maria, prenons place sur les sièges qui nous sont destinés. Elle offre des cigares, nous les glisse entre les lèvres ; d'un geste, elle ordonne qu'on allume les bougies, qu'on fasse brûler l'encens. Sur des feuilles de bananier, de petites rations de riz à la cannelle, de fruits coupés, de pâtisseries. Gil Maria ouvre une bouteille de *cachaça*, en boit, nous la passe. Les dizaines de bougies allumées fouillent dans les profondeurs des bois, font ressortir les veines, les reflets rouge-orangé rehaussés par le vernis de Pietro. Tous les regards tournés vers l'instrument expriment une joie naïve, une curiosité devant cette sorte de machine spatiale : est-elle destinée à transporter les membres du *terreiro* vers les royaumes célestes ? Les poulets sont là, prêts à donner leur sang pour les dieux. Gil Maria semble savourer l'indécision qui règne, l'attente. La cendre de son cigare se détache et tombe sur le sol de terre battue. Je me demande par quel artifice Pietro va assurer le concert, donner corps à cette fascination déjà acquise à l'instrument.

Enfin, la Mère des dieux se lève, s'approche du clavecin avec un art consommé de la mise en scène. Bouteille à la main, elle boit un grand coup. Un assistant lui apporte une calebasse d'eau bénite. Gil Maria trempe ses doigts et projette des gouttelettes sur le couvercle de l'instrument.

— Ô petite colombe blanche
colombe blanche d'Oxala
colombe des dieux,
et toi, Iemanja,
fille des flots,
mère au goût de sel,
fille des océans,
écoutez-moi !
Et l'éclair qui fend les cieux,
toi et ta hache d'or,
toi qui délivres des sorts jetés,
Xangô ! sois attentif !
Et toi qui reposes près des sources,
des cascades, des rivières et des lacs,
toi, douce Oxum, écoute-moi !
Et toi, sur ton cheval blanc,
toi qui manies la lance et l'épée,
toi vaillant guerrier qui nous délivres du [mal,

toi, Ogum, arrête ta monture,
écoute ! Écoute ! Écoute !
Toi qui occis le dragon en nous, écoute !
Couronnée de lumière, toi qui connais la
[forêt,
toi que les reptiles et les oiseaux écoutent,
toi que la terre aime, toi Iansã,
reine de la pluie et des vents, des orages,
de la tempête, toi qui t'habilles en homme,
[écoute !
Et toi, jeune vieillard, toi dont l'âge est
[comme
un masque, toi si doux malgré ton air
[effrayant,
toi qui ne connais pas la mort,
toi qui tires le mal des âmes et des corps,
Omulu, Omulu, écoute !
Et toi, l'Indien,
toi qui commandes aux arbres et aux
[animaux,
toi chef des Indiens et des métis,
qui par tes flèches lumineuses
indiques le chemin, toi Oxossi, écoute !
Et vous, Cabocles, et vous les jumeaux,
les Ibejis, écoutez !
Et vous tous, les esprits, écoutez !

Écoutez ! Vous tous ! Écoutez !
Ce soir, je vous ai rassemblés !
Ce soir, je vous demande d'être attentifs !
Écoutez ! Écoutez ! Écoutez !

A chaque invocation, l'auditoire applaudit, crie quelques mots d'encouragement, exprime son soutien à la Mère des dieux.

— Moi, petite mère de vous tous,
moi, au visage fripé et au regard profond,
je vous demande de quitter un instant
vos antres, vos jeux, vos divertissements !
Répondez à mon invitation !
Comme récompense, vous recevrez une
[offrande
qui ravira vos demandes les plus
[exigeantes !
Venez ! Écoutez ! Regardez !
Cet instrument est pour vous !
Sa musique est pour vous !
Et nous tous, ici, le cœur pur,
nous allons vous offrir un concert !
Un concert, pour vous !

Gil Maria frappe trois fois dans ses mains. On lui apporte un poulet auquel elle tranche le cou. Du sang gicle sur le clavecin. Elle fait signe à Pietro qui se lève, soulève le couvercle, le fait coulisser, l'enlève et le dépose délicatement sur les couvertures.

Sensible à la présence des dieux, Emiliana commence à se balancer, comme presque tout le reste de l'assistance. Gil Maria revient vers nous, prend Emiliana par la main, lui touche le front, la conduit au clavecin.

— Joue !

Emiliana pose ses doigts noirs sur les touches d'ébène, elle plaque un accord qui fait jaillir de la caisse des éventails et des rubans colorés. Pietro est immobile, fasciné. Chacun comprend quel dieu répond à chacune des couleurs. Les corps ondulent dans le silence, les ondulations se transforment en danse, Emiliana joue du clavecin comme elle joue des tambours, avec une expression extatique. Parfois elle ne touche qu'une note, parfois ses doigts inventent de mystérieux accords. Les médiums reçoivent leur dieu, Gil Maria embrasse Pietro, elle me conduit au centre de la pièce, ses doigts légers effleurent mon corps et je me mets à mon tour à danser. Les chants, les cris, les applaudissements fusent. Une électricité magique s'empare de nous tous. Le corps se creuse pour accueillir l'espace, la lumière, les sons que chacun sécrète en lui-même au gré d'un tempérament qui n'a place dans aucun traité musical.

Les journées se suivent, un peu monotones, comme l'écoulement du fleuve. Je manque d'affection. Je suis pourtant nourri et bien entouré, mais plus de longues séances sur le ventre noir de Mia (paradisou !), plus de caresses, plus de ces mains chaudes qui me distribuaient de l'amour, soulevaient chaque muscle pour lui donner forme, l'étirer, le réchauffer. Ma jungle pour un hamac ! Avec Mia dedans, bien sûr. Je rêve d'elle dès que je m'assoupis. Au réveil cochon succèdent parfois les crises de larmes, le désespoir. Même pas une bougie à offrir à Oxum. Je peux toujours essayer la prière. La litanie. La répétition. J'ai trouvé une formule que je ressasse avec ferveur, jusqu'à épuisement: *Oxum moi vouloir Mia back.*

Primaire, me direz-vous, comme l'expression brute de tout désir. Il n'empêche. A force de répétitions, c'est arrivé ! *Mia was back. Amore ! Darling ! Minha Amor !* Il faut que je vous raconte ça.

C'était l'heure de la sieste. Sur le dos, encore somnolent, je contemple la cime des arbres. C'est haut, c'est loin, plein de singes qui sautent d'une branche à l'autre et qui, de temps à autre, nous pissent dessus. C'est à peine si j'aperçois un bout de ciel. Des pas. Tension. Tout à coup apparaît un animal très semblable à mes frères de lait, un peu plus développé, c'est tout. Il s'arrête à dix mètres. Il pousse un cri aigu. Dépourvu de toute animosité. Au contraire. Plutôt un cri de joie. Il s'approche. La hure le laisse faire. Moi, je vois tout de suite en lui le messager. Son groin contre le mien. L'émotion me fait trembler. Immédiatement, je reconnais l'odeur de Mia, celle de son sein, de son lait. Je caresse le messager. Encore des pas. Un animal à deux pattes. Ses mains écartent le feuillage. Une voix faible, ô combien émouvante :

— Oswaldo... Mon Oswaldo... Mon amour...

Elle titube jusqu'à moi, à bout de forces, moi je crie victoire, je remercie Oxum, je rigole franchement. Toute cette histoire de panier, d'abandon : ridicule ! Tout avait été prévu, sauf l'amour. Encore incapable de tenir debout, je ne puis courir vers elle, mais je tends mes bras vers sa beauté, vers son odeur, cette aura qui la précède et dans laquelle je viens d'entrer comme un bienheureux. Enfin elle est là, elle se laisse tomber à genoux, je sens ses mains si délicates, si fermes se glisser sous moi, l'une sous une fesse (la gauche qui toujours gardera cet instant en mémoire), l'autre sous ma nuque (qui toujours...), et me voilà tiré vers le ciel, contre elle. Contre elle ! Mia ! Épuisée, elle se couche sur le feuillage, et emploie le reste de ses forces à rappeler à chaque fragment de mon corps à quel point il est lié au sien. Oswaldo-Mia. Oswaldo-Mia. A jamais. Le sein gauche, si proche. Le téton si noir duquel jaillit une goutte de lait. Je la lèche. Mia me berce contre sa peau en sueur, retour à la tétine magique. Je suis étonné de voir que le messager s'occupe de l'autre tétine. Mais, après tout, ce n'est que justice. J'ai été nourri, sauvé par ses frères ; pourquoi lui-même ne le serait-il pas par Mia ?

— Oswaldo, c'est Caribal, mon guide. Désigné par Luís, par Oxum pour me permettre d'accéder jusqu'à toi.

J'ai immédiatement adopté Caribal. Caribal, mon frère. Caribal grâce à qui j'ai retrouvé ma vie. Caribal, je te dois le respect ! Tétons en chœur !

La main de Mia frémit, s'amollit, descend sur mon omoplate, s'immobilise au creux des reins. Je m'enivre encore un peu de son parfum et sombre à mon tour dans le sommeil. Curieuse famille qui roupille là !

Le lendemain, tous au fleuve ! Mia a fait couler de l'eau sur nos corps, elle a remercié Oxum, construit une autre petite barque et laissé glisser sur les eaux un morceau de bougie qu'elle avait gardé au fond de sa poche. La hure a bu un grand coup, Mia l'a caressée, l'a remerciée de m'avoir sorti de l'eau, de m'avoir nourri, de m'avoir appris les rudiments du cochon et la vie dans la jungle, après quoi nous avons pris congé.

Caribal toujours en tête, nous faisons le chemin inverse. Cette fois, nous y allons tranquillement. Mia n'est plus soumise à l'ascèse ni au jeûne. A chaque village traversé, il se trouve toujours une fille d'Oxum pour nous accueillir, nous offrir le gîte et le couvert. Amaigrie, Mia mange tout ce qu'on lui donne. Lorsqu'elle se repose, on entoure ses pieds d'argile et de feuilles. Ils désenflent rapidement. Caribal a droit à des fruits dont il est très friand. Moi, je retrouve l'essence de ces nourritures dans le lait de Mia.

Nous ne marchons pas plus de cinq à six heures par jour. Le soir, je sens les côtes de Mia se regarnir d'un petit coussin de chair tendre. Elle chante toute la journée et mes cris maladroits se transforment peu à peu en lointaine imitation. La musique avant les mots. Tout étonnée, Mia se penche sur moi, rit, me pince les joues. Elle répète des mélodies simples, des fragments de samba langoureuse qui ne tardent pas à s'inscrire dans ma mémoire. Toute la gamme des émotions entre en moi comme le lait. Chant nègre, ma première culture, ma première arme contre le dualisme.

Mia avale poissons, volailles, friandises, céréales, fruits et gâteaux du plus bel appétit. Pendant la marche, il lui arrive de roter ou même de péter. Elle me raconte des histoires : la mise à sac de la cuisine, la douleur et la culpabilité de ma mère, l'exclusion du chirurgien et du prêtre, les profondes griffures sur le visage de mon père, l'action de Luís, son influence sur Tiziana. Je n'en crois pas mes jeunes oreilles.

Retour au bercail. L'émotion est au rendez-vous. Mia triomphe. Avant toute chose, elle désire me montrer à Luís. Le vieil homme me souffle sur la poitrine. Bon accueil. Je me sens des ailes. Ensuite seulement, la grande maison et toute la famille tremblante qui, cette fois, me considère d'un regard attendri. Petite révolution due à Oxum, à Luís, à Mia, par ordre d'entrée en scène. Quelle famille de rousseauistes ! Tiziana d'abord, Albano et même le vieux Baldassare me mouillent de larmes qui semblent sincères, tout en proférant toutes sortes de formules cabalistiques dans lesquelles reviennent des leitmotive comme :

« Honneur de la famille... Gloire de notre lignée... Race protégée par la Madone... Couilles et fente, marque céleste... Notre grand-oncle Giuseppe avait un œil noir et un œil bleu... Une grande destinée pour le dernier rameau de notre illustre famille... L'apprentissage des humanités, l'art du combat... L'amour de la justice... La crainte de Dieu... Le courage... La témérité... »

Copieusement arrosé, copieusement serré, élevé vers les cieux, hâtivement caressé, je reconnais au passage les trois jolis seins de ma mère, je donne un coup de langue à celui du centre, aspire un bon coup. Il doit y avoir du cuivre dedans : plus près de la hure que de Mia. Le lait de Mia, lui, semble distiller des saveurs de cannelle, de banane, de rose, de fleur d'oranger. Quel accueil ! Tiziana a fait mettre des bouquets partout, les domestiques ont des sourires ravis. Le petit prodige a été retrouvé. Victoire du paganisme sur les religions essoufflées. Pas de prêtre ni de chirurgien à l'horizon. Par quel miracle ?

Tiziana est transformée. Je ne connais plus son expression hystérique, ce masque de dégoût. C'est comme si Oxum, Luís et

Mia m'avaient paré de signes bénis, des promesses les plus flatteuses. Le coup du panier bitumé ayant échoué, on me reçoit comme un cadeau céleste. Moi, Oswaldo Maria, un cadeau du ciel pour cette famille si huppée ? Il va falloir que je m'habitue à cette nouvelle considération. Que je tienne la tête haute. Bientôt, on me donnera du « Monsieur Oswaldo », des courbettes. Un regard suffira pour qu'on enlève une fleur moisie, qu'on fasse apparaître mes mets favoris, que les notables de la ville m'approchent, la mine déférente, toute expression de malsaine curiosité ravalée. Fatigue. Je lance le cri du cochon désespéré. On me comprend. Mia me récupère avec l'assentiment de ma mère.

— Après cette épreuve horrible, il vous faut du sommeil. Mia, je t'ai fait préparer une jolie chambre, au même étage que la mienne, à côté de la bibliothèque.

— J'aimerais qu'on installe un grand hamac de routier sur la terrasse.

— Quelle belle idée ! Ce sera fait dès ton réveil, ma chère Mia.

Ma mère m'embrasse sur le front. Mia et moi prenons la direction de notre chambre.

Notre chambre ! Nous montons l'escalier de marbre. Mia est merveilleusement suspendue : ses mouvements sont suaves comme l'huile de palme, synchronisés, jamais le moindre tressaut, la moindre secousse, un bienfait pour l'expansion de l'âme, la naissance de la pensée, le rythme du cœur, l'éclosion des sens, l'harmonie de l'intelligence. Le *b a ba* de l'éducation. Tout est question de rythme.

Certains naissent et grandissent dans le saccadé, la rupture, le chaotique. Moi, j'évolue sur un lac de miel.

[illegible]. Nous [illegible] l'escalier
[illegible]
[illegible]
comme l'huile de [illegible]
[illegible]
[illegible] pour l'[illegible]
[illegible] la naissance de la pensée, [illegible]
du cœur, l'élection des sens, l'harmonie de
l'intelligence. Le [illegible] de l'éducation. Tout
est question de [illegible]

Cet [illegible] et grand [illegible] dans
[illegible]
[illegible] sur un lac [illegible]

La pièce est silencieuse. Pietro s'est endormi sur son lit. Le clavecin semble flotter dans l'espace. Emiliana, Gil Maria et moi sommes assis à l'extérieur, nous écoutons la nuit qui s'achève, goûtons les subtiles transitions sonores de la jungle. Gil Maria épluche une orange et la partage en trois. Le chien blanc vient se coucher aux pieds de la Mère des dieux.

— Cette nuit, tu es mort et tu es né. Comme le clavecin, ton corps et ton âme peuvent projeter des couleurs dans le ciel. Cet abîme que tu as senti en toi, cette chute, cette béatitude, c'est ce que tu as reçu des dieux. Ils t'ont reconstruit comme Pietro a reconstruit le clavecin, et, au lieu de mettre des cordes, ils ont mis de la lumière. Emiliana va te conduire à l'aéroport, tu vas rentrer, mais tu ne seras plus jamais seul, nous sommes en toi. L'Afrique est en toi. Tu as reçu le don. Chaque fois que tu t'en serviras, nous serons avec toi. Les âmes et les corps, tu les toucheras, tu entreras en eux. Avant de rejoindre la route, Emiliana va te mener à travers la forêt auprès de quelqu'un que tu dois reconnaître. Ensuite tu seras libre, dans l'avion, dans le ciel. Allez, mes enfants, il faut que vous arriviez au lever du jour.

La Mère s'est levée, elle m'a serré contre son cœur, elle a ri, m'a caressé la tête, nous nous sommes embrassés. Elle nous a accompagnés jusqu'à la chambre, j'ai mis mes affaires dans mon sac, puis elle nous a conduits à la porte du *terreiro* et nous a regardés partir sur le chemin de sable.

Nous avons fait cinq ou six kilomètres dans une direction que nous n'avions jamais prise. Amplifiés par notre manque de sommeil, les chants d'oiseaux, clairs, limpides, mélodieux ou criards, nous traversaient.

Nous débouchons sur une crique. Une plage de sable clair, une maison de bois gracieuse et fragile, partiellement cachée par une bougainvillée dont les efflorescences ruissellent en cascades violettes. Nous nous approchons. Un escalier donne sur une véranda, face à la plage.

— Qui habite ici ?

— Tu verras, répond malicieusement Emiliana.

Une femme noire, très âgée, apparaît sur le seuil. Elle fait un signe dans notre direction. Le soleil émerge de l'Océan.

Nous montons les quelques marches qui nous séparent de la femme vêtue de blanc, au visage paisible, au regard légèrement voilé par une cataracte. Au moment où je la salue, je remarque un vieillard qui se balance au gré de la brise dans un hamac. Nous nous approchons de lui, il me tend une main tremblante, l'œil vif encore.

— C'est Oswaldo et Mia. Oswaldo est mon père, Mia ma très lointaine grand-mère, dit Emiliana.

Mia pousse vers moi un fauteuil d'osier. Je m'assieds devant cet homme presque centenaire. Mon regard va de lui à Mia, de Mia à Emiliana. Je vois la météorite, sombre ponctuation du destin. Par une fenêtre ouverte, je distingue des livres qui s'empilent jusqu'au plafond et laissent à peine place pour un autre hamac.

— Vous avez fait réparer le clavecin ? demande Oswaldo.

— Oui. Emiliana en a joué cette nuit.

— Quand Oswaldo avait dix ans, il a fait un enfant à Mia, une fille qui s'appelle Zoé, elle a dû partir chercher des fruits dans la forêt. Quand Zoé a été en âge de faire l'amour, Oswaldo lui a fait une autre fille, Harmonia, qui ne doit pas être loin. Quand Harmonia a été en âge de concevoir, Oswaldo est devenu le père de Jasmina, de laquelle je suis née.

Je vis une jeune fille noire d'une dizaine d'années émerger de l'Océan avec un bambou sur lequel était fichée une daurade rose. Elle poussa un cri de victoire et courut vers nous. Elle était nue, quatre petites tresses dressées sur son crâne. Elle jeta la daurade sur le ventre d'Oswaldo.

— Le déjeuner !

— C'est Boto, ma fille, la dernière fille d'Oswaldo, dit Emiliana.

— Il n'est plus capable de faire d'enfants, son sexe ne frétille plus comme cette daurade, fit Boto comme à regret.

— Mon esprit frétille encore, dit Oswaldo. J'attends la mort tranquillement dans ce hamac, balancé par le vent.

— Qu'avez-vous fait pendant toutes ces années ?

— J'ai vécu en harmonie avec les choses. J'ai émis quelques théories mathématiques très discutées sur l'Univers, j'ai protégé les baleines, j'ai lu cinq ou six grands livres, j'ai aimé mes femmes et mes filles, la musique, j'ai fait construire une maison en forme de sein qui est aujourd'hui devenue le « Musée ∞ », j'ai publié une petite plaquette sur l'étymologie du mot *con*, racine et source de la Connaissance, auquel j'ai redonné ses lettres de noblesse, j'ai écouté les ronronnements de l'espace, je me suis balancé dans mon hamac, j'ai rêvé, j'ai goûté aux plaisirs et aux peines, j'ai joui de mon hermaphrodisme.

Mia prit la daurade et partit la préparer dans la cuisine. Boto sauta dans le hamac d'Oswaldo et se sécha contre lui, cependant qu'une main blanche et fripée caressait ses seins naissants. Boto se mit à rire, elle fit téter le vieil Oswaldo, puis elle somnola, épuisée par sa pêche. Mia nous offrit des tranches d'ananas tandis que la daurade cuisait, enveloppée dans de grandes feuilles.

Nous partageâmes ce repas, puis Emiliana et moi nous couchâmes dans le hamac de la bibliothèque. Nos corps se diluèrent dans le même rêve.

L'après-midi, nous rejoignîmes la route. Un taxi nous conduisit à l'aéroport. Une dernière fois, je vis Emiliana, visage et regard d'Afrique, toute durée suspendue, puis ce furent les nuages. La lumière sculptait en eux un relief inhabituel fait de cimes, de vallées, de lacs. « Patience, patience, patience dans l'azur, chaque atome de silence est la chance d'un fruit mûr... »

L'hôtesse distribua les écouteurs. Je naviguai sur les fréquences. Musique indienne ? flamenco ? Vie et passion. C'était Scarlatti, le Napolitain, échoué à la cour de Maria Barbara et Ferdinand d'Espagne, mort en cette lointaine contrée dans une solitude absolue. Scarlatti, transporté au-delà du temps par le claveciniste Valenti qui, à travers son instrument, faisait entendre la guitare, le sarode, les claquements secs des pieds ornés de clochettes des danseuses de *katak* et celui des chaussures des danseuses andalouses, dominés par la voix rugueuse du *canto*. *Duende*, grâce, magie.

*Composition réalisée
par C.M.L., Montrouge.*

Achevé d'imprimer en janvier 1992
sur presse CAMERON
dans les ateliers de B.C.A.
à Saint-Amand-Montrond (Cher)
pour le compte de la librairie Arthème Fayard
75, rue des Saints-Pères, 75006 Paris

35-33-8622-01/9

ISBN 2-213-02851-6

N° d'édit. : 5901. N° d'imp. : 92/010.
Dépôt légal : janvier 1992.

Imprimé en France

35-8622-9